レジェンドノベルス
LEGEND NOVELS

レベル1の異世界転移者 1

俺だけレベルが上がらない

contents

レジェンドノベルス
LEGEND NOVELS

レベル1の異世界転移者

1

俺だけレベルが上がらない

第一話　気がつくと異世界

まずは落ち着いて俺の話を聞いてほしい。

俺はなにかを考えながらぼんやり歩いていた。

なにを考えていたかとか、どこに向かっていたかとかは今はいい。正直に言うと忘れてしまったので、伝えることができない。とにかく路地を歩いていたことだけは確かだ。

それがふと気がつくと、見知らぬ場所にいた。

うっかり曲がり角を見落として行き過ぎてしまったような感覚だった。

最初に感じたことは、おや、なんだか暗いな、ということだった。

太陽が雲に遮られたような暗さではなく、もっとぼんやりとした暗さ。例えるなら誕生日ケーキにロウソクを灯《とも》して、部屋の灯《あか》りを消したときのような……、暗さで例えるより、頼りない明るさというべきかもしれない。

景色の変化についてはまったく気がつかなかった。ただ突然の明るさの変化に戸惑い、俺は顔を上げた。

するとそこには武器を構えた一団が、その切っ先を俺に向けていた。

オーケー、落ち着くのは俺のほうだった。

きっと道でも間違えたんだろう。

いやぁ、現代の日本でも一本裏の路地に入り込めば危ないところだってあるもんね。都会の真ん中にある公園でもブルーシートを張ってる人たちがいるんだし、剣とか槍《やり》とか装備してる人がいたっておかしくはない。話に聞いた程度だが西洋甲冑《かっちゅう》を着込んで戦うスポーツだってあるらしい。秋葉原には武器屋だってあるそうだ。ここで装備していきますか？ってなもんだ。

とりあえずここは目を合わせないようにして、さっさと引き返そう。

そう思って俺は踵《きびす》を返した。

そこには白い壁があった。

二十メートルほど先だろうか？

暗くてよく見えないが、漆喰《しっくい》とも、コンクリートとも違う。学校の床とかに使われているアレに似てる。壁に使われているのは見たことがないので違和感がものすごいが、のっぺりとしていて硬そうな感じが似ている。

いかにも頑丈そうだ。

その壁はぐるりと視界の端から端まで広がっている。

というか天井がある。

ここは室内だ。

ドクン、と心臓が鳴った。

血の気が引くのがわかる。

なんで室内にいるんだ？

俺は路地を歩いているつもりだった。言うまでもなく屋外だ。

天井はやや高く、四メートルくらいはあるのではないだろうか。壁と同じ材質でできており、ところどころにスリットが入っている。換気口か、照明か、どちらにせよ今は動いていないようだ。

室内を照らすのは揺らめく炎がひとつだけ、今は背後にいる一団が持っていた松明《たいまつ》だ。

なんでこんな暗い室内に今まで気づかなかった？

ぼんやり歩いていたにしろ、そんなことはありえない。これだけ暗い部屋に迷いこむほど、呆《ぼ》けていたわけじゃない。

そもそも俺はどこを歩いてきたんだ？

歩いてきたはずの道は、今は一面の白い壁だ。どこにも道はなく、通路、扉、ありとあらゆる、人が通行できる空間というものが存在しない。

行き止まりだ。

どこからも歩いてくることなどできるはずがない。

膝に力が入らなくなって、俺は一歩よろめいた。

体を支えようと踏みつけた床は平らな基板だった。

より正確に言うのなら、基板のような模様の埋め込まれた透明な床だ。電子機器なんかに入っている緑色の基板に描かれるような模様が、平面ではなく立体的に埋め込まれているのが見える。どれくらいの深さまで続いているのかは、この暗さではっきりとしない。

まるで奈落の上に立っているようだった。

足元がおぼつかない。現実感がない。

俺はぐるりと部屋を見回した。

再び視界に入った何人かの武器を持った人たちのことは今は考えないようにした。向こうも向こうでこちらに武器を向けているものの、何か具体的なアクションを起こそうとはしない。

触らぬ神に祟《たた》りなしとも言うし、必要に迫られるまでは放っておこう。

その部屋は学校の体育館ほどの大きさで、俺が立っているのはそのちょうど中央あたりだった。

壁や天井は白い材質でできており、全体的にゆるやかな曲面を描いている。部屋の暗さのせいもあって、どこまでが壁でどこからが天井なのかはっきりしない。

全体的には四角い箱の形状だが、角がなくなるように曲面が使われている感じだ。

逆に平面なのは俺の立っている中央部の床だけだ。

半径五メートルほどの円形の範囲が、先述した基板のような模様が埋め込まれている床ということになる。

窓すらない。

まるで格闘ゲームのトレーニング用ステージみたいだ。ロボット対戦ゲームでアリーナとか名前がつきそうな感じでもある。

とすれば、アレは対戦相手ということになるのだろうか？

俺は努めて意識から逸《そ》らしていた彼らを直視する。

五人、いやひとりの陰に隠れてもうひとり。

十五メートルほどの距離を置いて、彼らは俺に武器を向けている。

そう、武器だ。

銃ではない。ロケット砲でもない。彼らが手にしていたのは剣や槍だ。

具体的には剣を持ったのがふたり。

ひとりは大剣、ひとりは長剣と盾を構えている。

斧《おの》のような先端のついた槍を持ったのがひとり。他の五人とはやや離れた場所にいる。

そして杖《つえ》を抱えたのがひとり。杖、杖だ。孫悟空の如意棒みたいな棒、いわゆる武器としての棒、体を支えるための杖とは違う。どちらかと言えば西欧の聖職者なんかが持っていそうな杖だ。

ええい、言ってしまえ。

それはいわゆる魔法使いが手にする魔法の杖に見えた。

あとのふたりは武器を持っていない。

ひとりは松明を掲げ、もうひとりは紙の束に必死に何かを書き付けていた。

もはや言うまでもなく彼らの服装は現代の日本には似つかわしくないものだった。細かい描写を省いて一言で言うならば中世ヨーロッパの戦士や旅人と言った風だ。

ファンタジーＲＰＧ風と言えばもっとわかりやすいに違いない。

いや、そうでもないか。最近のゲームのキャラクターは奇抜な格好をしているものだ。

それに比べれば彼らの服装はよく言えば実用的で、悪く言えば地味だった。

そして彼らの後ろにはこの部屋の唯一の出入り口がぽっかりと口を開けていた。

彼らは門番ということになるのだろうか。

ゲームで言えばチュートリアル。とりあえずはゲームに慣れてもらおうと、とりあえず勝てる敵と一戦交えてもらう。あるいはとりあえず負けイベントということもあるかもしれない。

さて、これは夢かなにかの悪い冗談だと思いたいところではある。

全感覚没入型仮想現実なんて技術がアニメやゲーム、小説などで語られることはあるが、現実の技術がそれに追い付くには程遠い。

アニメやゲームはテレビで楽しむものだし、小説は紙の本で読む。まあ、最近は電子書籍なんかも普及してきているが、街角から本屋が消えるのはまだまだ先になりそうだ。

つまりここが仮想現実かもしれないなんて仮定は無意味だ。ありえないと一蹴できる。

だとすればまず考えられるのが、これは夢の中だという線だろう。

とりあえずお約束なので自分の頬をつねってみた。

あ、痛い。夢じゃねーわ。

痛みを感じる夢かもしれないが、痛みは現実だ。痛いのは嫌だ。

とりあえず最初の方針は決まった。

できるだけ争い事は避けよう。

怪我《けが》するのもさせるのも気持ちのいいものではない。少なくとも俺は痛かったり苦しかったりするのを気持ちいいと感じるような特殊性癖は持ち合わせていない。他人《ひと》を痛めつけることについても同じだ。

そもそも俺は殴り合いの喧嘩《けんか》すらしたことがない。

格闘ゲームなら知っているが、その知識が実戦で役に立つとか考えるほど頭がお花畑でもない。

とすれば、当然彼らへの対処も決まった。

とりあえずコミュニケーションを試みて、危なそうなら全力で逃げる。

うん、これしかない。

出口は彼らの後ろにしかないが、武器を持っている連中は鎧《よろい》なんかも着ているし、それほど速く走れるとも思えない。部屋は広く、回り込めばなんとかなるかもしれない。

話しかける前から逃げることを考えるのも後ろ向きかもしれないが、話しかけた途端襲い掛かってくるかもしれない。なぜか、隣に行って話しかけるまで棒立ちしている敵なんてゲームの中では珍しくもなんともない光景だ。

俺は武器を持っていないことを示すため、手のひらを見せて、両手を上げた。

さて、なんて話しかけよう。

そもそも言葉が通じるのか?

アニメなんかでは外国でも、異世界でも、なぜかみんな日本語で喋《しゃべ》っているのが普通だが、さすがにこの状況でそれが通用するとは思えない。

じゃあ英語ならいいのか、というとそうでもないし、逆に流暢《りゅうちょう》な英語で返されたら、それこそパードゥン？　くらいしか返せない。かと言ってそれ以外の言語となるとさっぱりだ。

ここはとりあえずダメ元でも日本語で話しかけるしかない。

「あ、えっと、ニホンゴワカリマスカ？」

言葉に詰まったうえになぜかエセ外国人みたいな口調だった。

なんで普通の日本語が出てこないの。だめならだめで、普通に喋ればいいのに、バカ、俺のバカ！

自己嫌悪に沈む俺にそんな言葉がかけられた。

「共通語がわかるのかい？」

思わず顔を上げる。

「君は共通語がわかるのかな？」

さっきよりもゆっくりと確かな女性の声でそれは繰り返された。

日本語を話しているのは、一心不乱に紙にペンを走らせていた人だった。白地に朱色の模様が入ったローブを身にまとっている。輝くような金髪の西洋人にしか見えない女性から、流暢な日本語が飛び出してくるというのはなんだか妙な気分だ。

「共通語というのはわかりません。日本語ではないんですか？」

「ニホンゴというのはわからないな。ニホン、語、つまりニホンの言語という意味かな？」

「そうです！　よかった。言葉が通じなかったらどうしようかと思った」

心の底からほっとして、思わず心情がそのまま口から流れ出てしまう。

誰かと言葉を交わせることがこんなにありがたいと思ったのは初めてだ。普段から何気なく使っている日本語だが、今はそれを使えることに感謝しよう。おかげでこの訳のわからない状況について、少しは話を聞くことができる。

「あの、ここはいったいどこなんでしょうか？」

「ね、ね、それよりこっちから聞いていい⁉」

女性は俺の発言を食いぎみに、というか、完全に食った。完全スルーである。

他の人たちはと言うと、今にもこちらに駆け出しそうに身を乗り出している彼女の行く手を塞ぐように陣形を狭めていた。

どうやら俺のことを警戒しているようだ。

「ど、どうぞ」

彼女の勢いに若干引きぎみに、ここで拒否して敵意を持たれても困るので、質問を促す。

まずはお互いのことを話してわかり合うことから始めるのが一番だ。

俺は戦後の日本に生まれ育った身で、争い事とは無縁な人生を送ってきたのだ。

だって刃物向けられてすっげービビってるからね。

膝が震えないように我慢するので精一杯だ。

「君さ、なんで名前がないの⁉　それとなんでレベル１なの⁉」

「名前が、ない？」

名前を教えて、ではなく、なぜ名前がないのかと彼女は問うてきた。

「いや、名前なら、俺の名前は――」

え、あれ？
そこで俺は呆然《ぼうぜん》とした。
まさしく自失したと言っていい。
これほど言葉の意味が適正な場合もないだろう。
「俺の、名前……」
俺は必死に記憶を掘り起こした。
自分の名前だけではない。
自分のこれまでの人生。
その思い出のすべて。
両親のこと。
生まれ育った場所。
学校、友人、あるいは恋人。
好きなもの。
嫌いなもの。
——ない。
ひとつも見つからない。
自分についてのすべてが抜け落ちていた。
それ以外の記憶はあるのに、自分のことが何一つとして記憶にない。

俺は不意に気づいて懐《ふところ》を探った。

今着ている服はブレザーの制服のようだ。ということは俺は中学生か、高校生ということだろう。

そこらへんもまったく実感がない。

大学生と言われても、社会人と言われても、違和感を覚えただろう。

お尻のポケットから財布を発見する。

慌ててその中身を検《あらた》めるが、どうやら学生証はなくしたか、持ち歩いていないようだ。財布の中には千円札が二枚と、小銭で百十八円。ポイントカードや、カラオケ屋の会員カードがあったが、どれも記名がなく、身分証のようなものの持ち合わせもなかった。

他に何か持ち物はないだろうか？

ポケットの中からスマホを見つけたが、バッテリーが切れていた。

ハンカチ、名前の刺繍《ししゅう》もない。まあ、小学生じゃあるまいし、普通はない。

鍵、家の鍵っぽいが、見覚えはない。

何一つとして自分の手がかりになりそうなものを俺は持っていない。

俺が呆然としている間に、彼らは俺のことを無害な存在だと認識したらしい。

それぞれに武器をしまい、ほうぼうに散って部屋の探索を開始した。

質問をしてきた女性と松明を持った男性だけがこちらに近づいてくる。

「ねえ、それなにかな？　見てもいい？」

彼女は俺が探っていた財布に興味を抱いているようなので、どうぞと渡す。大した金額が入っているわけでもないし、財布自体も合皮の安物だった。

「これは、すごいな。なんだ、この紙は、こんな精巧な模様が描けるものなのか。それからこの硬い紙はなんだ？　硬いのに柔らかい——」

財布を手に持って開き、その中身になにやら感極まっている様子なので、そちらのことは努めて考えないようにしながら、俺は松明を持った男性をちらりと見た。

彼は四十代くらいだろうか。若いころはさぞ浮き名を流しただろうなという面影がある。彼は人好きのする笑みを浮かべて、俺と、財布に夢中な女性を一歩離れたところから眺めている。

それにしても財布に夢中な女性ってすごい嫌な響きだな。それが自分の財布だとなるとなおさらだ。

「どうやら記憶がどうにかしているみたいです。自分のことだけまったく思い出せなくて」

「それは興味深いね。それ以外のことは何を覚えているの？　さっきニホンって言ったけど、それはどこにあるの？」

この女性は必ず二つ質問せずにはいられないのだろうか？

とにもかくにも、俺は俺に答えられる範囲で簡潔に、自分にわかることを語った。

日本という国、地球という星、その他の国々。

しかしそれらの話に対する反応は芳しくないものだった。

「どれも聞いたことがない話だね。それに記憶がなくたって名前はあるはずだ。だけど君にはそれがない」

「それはどういう」

「ステータスだよ」

また食いぎみに断言された。

「いや、なるほど。ひょっとして君はステータスが見えてないんじゃないかい？」

「ステータスって、ゲームみたいな、つまりヒットポイントとか、筋力とか素早さとか、そういうのですか？」

わからない人もいないだろうが、ゲームにおけるステータスとはキャラクターのパラメータや状態を示す言葉である。キャラクターがどんな状態で、どんな能力を持っているのかの一覧表のようなものだ。

彼女は俺の言葉にうんうんと頷《うなず》いた。

「語句にわからないところはあるけれど、おおよそは理解できているようじゃないか。なるほど、レベル1だとそういうことになるのか。とにかくそれによると君の名前は空欄になっている。ついでにレベルは1だ。これはすごいことなんだぞ。普通は生まれてくるまでにレベルは3か4にはなっているからな。君はまるでまだ母親の腹の中にいるような状態だ。こんなのは見たことも聞いたこともない。知っているかぎり記録にもない出来事だ！」

女性はかなり盛り上がっているようだが、一方で俺は猛烈な違和感に襲われていた。レベルとかステータスだなんて、一度は否定した仮想現実説が浮上してくる。少なくとも〝現実的〟ではない。

「とにかく君の呼びかたを決めよう。よし、決めた。レベル1だからワンだ。君はこれからワンくんだ」

あ、安直だー！

あまりにも安直な決めかたに俺は愕然《がくぜん》とする。白猫にシロとか、黒猫にクロとか名付けるくらいの安易さだ。

「おっ、反映されたね。命名として認識されたみたいだ。人に名前をつけるのは初めてだよ。いやぁ、楽しいね！」

「いや、せめて自分で決めさせてくださいよ。そりゃ何か案があったわけじゃないですが」

自分の名前がわからないので、とっさになんて名乗ればいいかなんて思いつきもしないが、少なくとも他人に一方的に、それも安直に決められていいものでもない。

「そんなことを言っても、自分で名前を決められるなんてことはないだろう？　普通は親が勝手に命名するのだし、ワンくんというのは呼びやすくていいじゃないか。それにもうステータスに反映されちゃったからね。変更は無理だよ」

「マジすか」

「マジだよ」

すごい軽ぃノリで名前が決められてしまった。

今後、名前を呼ばれるたびに俺はこのエピソードを思い出すに違いない。

俺に子どもができたらちゃんと考えて名前をつけてあげようとそう心に誓う。

少なくとも安直に決めるようなことはすまい。

俺が今後の人生に関わる重大な決意をしている間に、女性はちょっと考え込んでいるかと思うと、顔を上げてこちらを見つめてきた。

「ワンくん、君はこれからどうするつもりだい？　ざっと聞いた感じ、何も知らない風だけども」

確かに状況から察するにゲームの中に取り込まれたとか、あるいはそれに類似した異世界に飛ばされたってことになるんだろう。

あんまり認めたくはないが、認めずにここで不貞寝《ふてね》をするわけにもいかない。

彼らが武器を持っているということは、それを使う相手がいるということだ。つまりモンスターとか、そうでなくとも凶暴な獣とか。そういうのに対処する術《すべ》が俺にはまったくない。

つまり彼女らの助けを借りなければ、俺は詰んでしまう。

「一応確認しておきたいんですけど、あなた方が俺を召喚したというわけではないんですよね？」

異世界に飛ばされる話と言うと、兎《うさぎ》を追いかけて穴に落ちるやつとか、衣装簞笥《だんす》の中から行けるやつとかが思い浮かぶが、これらはどちらかというと文学の世界だ。

ゲーム的に考えると魔王を倒すために勇者を召喚とかがお約束になるのではないだろうか？　ゲームだとレベル１で始まるのも当然だという気がする。

「召喚？　ああ、召喚か。そういう考えかたもあるのか。いや、私たちは君を召喚していない。この場にいるのはちょっとした調査に駆りだされたからだよ。召喚主がいるとすれば、この遺跡を利用している誰かということになるだろうね。けれど今のところ私たちはそういう人の痕跡は見つけていないし、遺跡を使えるような知識を持った誰かがいるとも思えないな」

「つまり？」

「召喚主はいない。現時点での個人的な推論になるが、君はこの遺跡が勝手に作動した結果、この場に現れたということになるね」

「マジかよ……」

それはつまり日本に帰ることができる可能性が非常に低いということだ。もっとも記憶のない今の俺に帰る場所が認識できるかどうかはわからないが。とにかく俺がここにいる理由を説明してくれる人がいないというのは心細い。

できれば美女のお姫様とか巫女《みこ》様とかが出てきて、でかいおっぱいでも揺らしながら説明を開始してくれると嬉《うれ》しいのだが。

そういえば今こうして話している相手も一応女性だった。

年齢こそうら若くはないが、金髪に西洋人っぽい整った顔立ちで、そこそこの美人だと言える。おっぱいのほうはゆったりしたローブのせいでわかりづらいが、期待はできそうにない感じだ。なにより口調のせいで中性的な感じがする。少なくともお淑《しと》やかという言葉とは対極に位置していそうだ。

そんな俺の邪《よこしま》な考えには気づいていない様子で彼女は考え込んでいた。

「もちろん誰かの意図があった可能性もある。だが今は君に是非とも同行してもらいたい」

「それはこちらからもお願いします。正直、どうしていいかもまったくわからないんです。せめて身の安全と生活の保障は手に入れたいので」

「ふむ、それも当然か」

彼女は少しの間、じっと黙って考え込んだ。

どうやらそうして考え込むのは彼女の癖のようだ。理知的と言うべきかもしれない。

「ウィンフィールドくん、同行者が増えても構わないかな？」

「割増《わりまし》料金と、特別手当ってところですね。口止め料をもらっても無駄なので、その辺はわかってくださいよ」

「じゃあそれでいこう。契約しておくかい？」

「いりませんよ。先生はそういう人ではないと、もうわかっていますからね」

「君は人がいいな」

彼女とイケメン中年の間で話は簡単にまとまった。

どうやら彼女が依頼者で、イケメン中年たち五人は彼女に雇われているようだ。そしてその護衛対象に俺を追加するという話なのだろう。そしてそれにはいくらかのお金を必要とするようだ。

だが俺の所持金は二千百十八円で、それが使えるとも思えない。

「あの、お金を払える当てはないんですが」

「わかっているよ。私が出しておく。その代わりと言ってはなんだが、君には私と契約を結んでもらう」

「契約、ですか？」

ぱっと思い浮かんだのはスマホの契約だった。一番身近な契約のイメージだったのだろう。

きょとんとしている俺の反応に彼女はうんうんと頷いた。

「やはり知らないんだな。説明すると契約というのはお互いの約束事をステータスに刻み込むことだ。契約には逆らえない。強い意志を持って逆らおうとすることはできるが、それも過ぎると魂が傷ついてしまう。場合によっては死ぬことすらある」

なんだそれ。契約というより呪いみたいだ。

「そんなにおびえた顔をする必要はないよ。契約は両者の合意によってしか成立しない。たとえば私は君を傷つけない。君も私を傷つけない。そう契約すれば、刃物を持って向かい合っても安心できるというわけだ」

「魔法の一種のようなものですか？」

「そんな大仰なものじゃないさ。我々が一般的に使うスキルの一種だ」

スキルときたか。

ゲームっぽさに拍車がかかる。

「それでどんな契約をするんですか？」

「私は君の身の安全と生活を保障する。君は私を傷つけず、私の研究に協力する。お互いにできる範囲で。期間は、そうだな、君がレベル30になるまでにしよう。レベルは30になれば一人前として

する。

見られるからな」

「研究、ですか」

なんだかいいイメージが湧かない。なにせ現状の推測では俺は異世界人ということになる。もし日本に異世界からの来訪者が現れたとして、それを研究者が手に入れたらどうなるだろうか？　そう簡単に死なせはしないだろうが、回復可能な範囲であればありとあらゆることを試しそうな気がする。

「痛いこととか、苦しいこととかしませんよね？」

「できる範囲と言っただろう？　ワンくんが嫌がることはできない。そういう意味だよ。そして私も自分の身を挺《てい》してまで君を救うことはしなくていい。できる範囲で、というのは、しなくていいという意味でもある。しかしまったくしなくていいという意味でもない」

「やってもいいかな、くらいの範囲ってことですか？」

「そういう認識で構わない」

俺はちらりとイケメン中年の顔を見た。

「彼女の言葉に嘘《うそ》はないよ」

俺の所作の意味を汲《く》み取《と》ったイケメン中年がそう言った。さすがはイケメンである。顔がいいだけで信用していいかなという気がしてしまうのに、気まで利くのだ。俺が女なら今のだけで腰が砕けるかもしれない。

冗談はさておき、とりあえず今の俺には他に判断基準がないし、信じようと信じまいと選択肢がないのも事実だ。

「よろしくお願いします」

「畏《かしこ》まることはない。契約は対等だ。手を出して」

そう言って彼女は俺に向かって両手を差し出した。

俺の財布がローブの内側に消えたことについては後で追及することにする。

俺は言われるがままに両手を差し出したが、それをどうしていいのかがわからなかった。すると彼女は自分の手で俺の手をぎゅっと握った。

彼女の翠色《みどりいろ》の目がじっと俺の顔を覗《のぞ》きこんでいる。

こんなに女性に近づかれるのはいつ以来だろうと考えて、俺はその記憶がないことを思い出す。頬が熱を持つのを感じた。

「宣言する」

彼女がそう言った途端、なにかが体に流れこんできて、そして流れだすのを感じた。

これはひょっとして魔力とかそういうのだろうか。

風邪を引いて熱があるときのような感じだ。

体の中で異物が蠢《うごめ》いている。

正直に言って気持ちが悪い。

「アレリア・アートマンはできる範囲でワンの身の安全と生活を確保する。それに対し、ワンはアレリア・アートマンを傷つけず、その研究にできる範囲で協力する」

「はい」

「では承諾を。つまり承諾すると言ってくれ」

「承諾します」

そう言った途端、力の流れは輪になって不意に消えた。

気持ち悪さも同時に消えた。

今は何の違和感もない。まるでさっきのことが嘘みたいだ。それに契約がステータスに刻まれると言っても、俺にはそれを確認することができない。

その代わりに彼女がそれを確認したようだ。

「うん。契約は成立した。でもレベル上がらないんだねえ。不思議だなあ。初めての契約なんて普通はレベルいっこは上がるもんだけどねえ」

「そんなにレベルって上がりやすいものなんですか？」

モンスターとか倒さなくていいのだろうか？

ゲームの知識からはそう思ってしまう。ほとんどのRPGでは敵を倒さないかぎり経験値は得られない。一部のゲームではクエストをこなすことによって経験値が得られるものもあるが、少数派と言えるだろう。

それに対して彼女は頷いて言った。

「低いうちは、ね。20くらいまではさくさく上がる。30になったら一人前。ちなみに私は48だ。他人にレベルを申告するというのも初めてだな。私のほうがレベルが上がってしまうかも」

そう言って彼女はあははと笑った。

それにしてもレベル48とは、どれくらいの強さなんだろう。少なくともレベル1の俺が何かして敵《かな》う相手ではないな。その彼女が護衛を依頼するくらいだから、あとの五人も相当にレベルが高いに違いない。

チュートリアル戦闘だと思って挑みかからなくて本当によかった。瞬殺なんてものじゃ済みそうにない。

しかし手とかこんなに柔らかいのに本当に強いんだろうか？

背の高さは俺と同じくらいだが、体つきは華奢《きゃしゃ》な女性のそれだ。筋肉がついているということもなさそうだが、そこはレベル補正とかで一発殴られたら即死とかするんだろうか？

おお、怖い。

この世界の常識をある程度身につけるまで迂闊《うかつ》なことは避けたほうが良さそうだ。走ってくる子どもと衝突して即死とかありそうで、マジで怖い。

ふと彼女の手に硬い部分があることに気づいた。人差し指の先の側面。これはペンだこだろう。今は肩掛け鞄《かばん》にしまっているが、彼女は最初必死に何かを書き留めていた。

なるほど、研究と言っていたことからも彼女は学者か、それに近い仕事をしているのだろう。

「ところで、契約は成立したんだが、君はいつまで私の手を握っているのかな？」

ふと顔を上げると頬を染めた彼女の顔があった。意外と初心《うぶ》なのだろうか？　とは言え、恥ずかしかったのはこっちも同じだ。触り心地がいいのでついつい撫《な》で回《まわ》していた。

慌てて手を離し、彼女から距離を取った。

「す、すみません。とにかく何もわからないですが、よろしくお願いします」

「まあ、いいよ。契約したんだからちゃんと協力してもらうよ」

まだ朱色の抜けきらぬ顔で彼女はニコッと笑った。

こうして俺はまだ何も知らないうちにアレリア・アートマンと最初の契約を結んだ。

この選択が間違いだったと気づくのはもう少し後のことだ。

第二話　魔術士アレリア・アートマン

彼女を美しい女性と形容するのは少し難しい。

整った顔立ちに、すらりとした体型で、美しいと言えるのは間違いないのだが、その力強い瞳とショートカットの髪型のせいで〝女性〟というよりは線の細い男性に見えてしまうからだ。特に服装のせいもあるだろうが、胸部の膨らみが見つからないのが致命的だ。あとは姿勢だろうか？　立ち姿があまりに堂々としていて、女性のそれというよりは、やはり線の細い男性に見える。

彼女の年齢を想像するのは難しいが、二十代の後半あたりだろうか。

俺は自分の年齢に対する実感がまるでないが、着ているものや、財布の中身から推測するに中学生か高校生、十三歳から十八歳のどこかだとして、まあその後半のどこかに位置するのは間違いないだろう。

彼女は母親をイメージするには若すぎ、姉をイメージするには年上すぎる。

そういえばイケメン中年が彼女のことを先生と呼んでいたが、俺からすればまさに学校の若い女教師くらいが彼女のイメージに相当するだろう。

彼女は俺に執拗《しつよう》に触られた手が気になるのか、しばらく指をこすり合わせるようにしていたが、不意に顔を上げた。

「そうだ。忘れていた。自己紹介しておこう。本来なら契約前に名乗るべきだったが、気が急《せ》いていたようだ。私はアレリア・アートマン。アルゼキア王国の魔術学会に所属する魔術士だ。よく言われるから自分から言っておくが、ちょっと変わり者だ。おいウィンフィールドくん、なぜ笑った」

イケメン中年が吹き出したのを見て、自己紹介の途中だったアレリアさんは眦《まなじり》を吊《つ》り上《あ》げた。

「これは失礼。いえ、冒険者と旅路を共にする学会の魔術士が〝ちょっと〟変わり者を自称するのは謙虚にすぎないかと思いまして」

しれっと真顔になったイケメン中年はそう言って頭を下げつつも、ちらりと流し目をアレリアさんに向ける。

その仕草にアレリアさんは毒気を抜かれたようだった。

くっそ、イケメンは何しても得だな。俺がそんな失礼をしたらしばらくガチ説教をされる気がする。

「まあ、そうだな。学会の魔術士としては私は〝かなり〟変わり者だ。大抵は自分の工房にこもって一歩も外には出ようとしない連中だからな。まったく学会の本分をなんだと考えているのか。スキルにしか興味のない俗物どもめ。まあ、それはどうでもいいことだ。学会の魔術士というのはちょっと人より優遇されていてな。その分、金もある。少なくとも君を生活に困らせるようなことはないだろう。屋敷《やしき》には部屋も余っているし、使用人もいる」

さも当然のことであるかのようにアレリアさんはそう言った。

現代の日本人としては使用人という言葉はなんとも実感に乏しいが、要は自分の生活を手伝わせるために人を雇うくらいお金があることの象徴だと言えるだろう。

アレリアさんがこの世界でどれくらいの金持ちなのかはわからないが、俺を拾ってくれた彼女が女神のように思えてくる。相変わらずあんまり女性だと思えない中性的な感じだが。

「安心しました。ありがとうございます」

「礼はいいよ。お互いに承諾して成立した契約だ。私たちは対等の関係だ」

それはつまり俺が助けられた分だけ、きっちり実験動物になってもらうぞ、ということだろう。

やっぱり女神じゃなかった。

「おい、フィル、この部屋何にもねーぞ」

イケメン中年に声をかけてきたのは大剣を持った人だった。見れば他の人たちも部屋の探索をやめて集まってきている。俺から微妙に距離があるのはまだ警戒対象だからなのかもしれない。

「記録じゃ開いてない扉だったから、なんかお宝が見つかるかと思ってたが、レベル1の小僧ひとりたー割に合わねーな。で、どうなんだ？　そいつ本当に〝人間〟か？」

あ、なんかよくわからないけど、間違いなく警戒されてますね。これは。

しかし人間かどうかとは、どういうことだろうか？

人間のように見える人間でないものが存在するということだろうか？

それとも単に普通じゃないから警戒しているのだろうか？

その答えはフィリップ・ウィンフィールドさんの返答ですぐにわかった。

「確かに魔族は婉曲《えんきょく》した手口を好むけれど、レベル1を装うなんて聞いたことがないよ。ワンくん、彼は悪気があるわけじゃないんだ。気を悪くしないでくれ」

「いえ、大丈夫です。というか、魔族ってなんですか？」

本当に気にしていないのでイケメン中年の謝罪を軽く受け流して聞き返す。

魔族というと、悪魔の親戚みたいなものだろうか？　あるいは魔王がいるとしてその眷属《けんぞく》の総称だろうか？

その疑問にすぐに答えてくれたのはアレリアさんだった。

「魔族というのは知性を持つ魔物のことだ。とは言っても魔物のことも知らないようだな。魔物というのは魔界に住む生き物の総称だ。魔界というのは俗称で、正しい呼び名は存在しない。我々人類はまだ魔界を深くは探索できていないから、具体的にどういう場所かはわかっていないんだ。とにかくこの世界には人類の生存には適さないが、魔物が生存するには適した領域があり、便宜的にそこを魔界と呼んでいる。そこに住まう知性ある生物のことを魔族と言う」

あ、これ、先生だ！

なぜイケメン中年がアレリアさんを先生と呼んでいるのか理解した。もちろん彼女が研究者であるという側面もあるのだろうが、圧倒的にこちらが原因だろう。

「そして魔族には人間と非常に似た姿を持つものもいれば、姿を変える魔術を使うものもいる。彼らは時に人間を装い町に入り込んで破壊工作を行うこともある。とは言っても見わけるのはそう難しくない。手段は二つある。ひとつはまずステータス。見るべきはスキルだ。ほとんどの魔族は〝吸魔〟というスキルを持っている。どういうスキルかはわかっていないが、人類は吸魔を習得できない。吸魔を持っているならそいつは魔族だ。そして君のスキルに吸魔はない。だがこの方法は完璧ではない。稀《まれ》にではあるが吸魔のスキルを持たない魔族もいるからだ。だがもう一つの手段で確実にわかる。ゴードンくん、私が出しても君は疑うだろう。君の分を提供したまえ」

「まあ、そうだわな。わーったよ。先生」

そう言って大剣の男はローブの内側に下げていた背嚢《はいのう》を下ろすと、その中から黒に近い灰色の塊を出してきた。そしてそれをひとつまみ、親指ほどの大きさをむしり取ると俺に向かって放り投げてきたので、慌ててキャッチする。

その仕草はいかにも俺のそばには寄りたくないと言った様子だ。

「食え」

「えっ?」

「心配することはない。ただの携帯糧食だ。小麦粉と乾燥果実を練って焼いたものだ。味は保証しないがね」

「なぜ食べ物を?」

「何故《なぜ》なら魔族は人類の食料を受け付けないからだ。口に入れることはできるが、胃のほうが拒否する。つまり嘔吐《おうと》するということだ。それを食べて君が嘔吐しなければ、君が魔族ではないと証明されて、ゴードンくんたちは安心できる」

俺は手のひらの上にある灰色の塊をじっと見つめた。

石ほどには硬くないが、パンほど柔らかくもない。これは消しゴムくらいの固さではないだろうか?　ちょうど大きさもそれくらいだし。

そんな想像をしたせいか、なにか嫌な予感がした。

ひょっとしてこれを食べたら吐いてしまうのでは？

自分が魔族ではないと断言できるが、この世界の食べ物を自分の体が受け付けるかどうかはわからない。それ以前に、食べ物に見えないんだけど、これ。

「早く食えや」

俺の躊躇《ちゅうちょ》がわかったのか、大剣さんが威圧してくる。

剣こそ抜いていないが、彼がその気になれば俺は殴られるだけであの世行きだろう。レベル差とかそういう問題ではなく、鍛えあげられた彼の肉体を見ればわかる。

俺は覚悟を決めて、えいやと携帯糧食を口に入れた。

むぐ、と口の中にその味が広がる。

味が、ん？

味があんまりないな。

美味《おい》しいとはお世辞にも言えないが、生理的に嫌悪を感じるようなものでもない。

一応食べ物と認識できる。

だがその固さは如何《いかん》ともしがたい。

そのまま飲み込むにはちょっと大きいので、俺はしかたなくそれを噛《か》んだ。

消しゴムほどの固さのそれは、ぎゅっと歯に力を込めるとボロッと崩れた。するとふわっと果実の味がした。ほんのちょっと、ほんのちょっとだけだが、ないよりはずっといい。

問題は口の中の水分が全部この携帯糧食に吸われてしまうことだ。これでは飲み込めない。

「み、水を……」

ありがたいことにイケメン中年が水の入った革袋を差し出してくれたので、俺はそこから水分を補給して携帯糧食を飲み込んだ。なんというか、質の悪いカロリーメイトでも食べたみたいな気分だ。もちろんフルーツ味の。

俺は口を拭い革袋をイケメン中年に返すと一同を見回した。

疑惑は晴れた、というわけでもないようだ。そりゃそうか、食べた直後に吐くということもないのだろう。どんな毒物だよって話である。

「えっと、どれくらいで吐くものなんですかね？」

「個体差があるけれど、何時間も我慢できるようなものでもないね。とは言えじっと待っているわけにもいかないな。ゴードンくん、この部屋には本当に何もないんだね？」

「あぁ、ユーリアも太鼓判だ。この足元の魔法陣以外はただの空き部屋だぜ。ここは」

「ふむ、ああ、ちょっと待ってくれ。記録しておく」

そう言ってアレリアさんは肩掛け鞄《かばん》から木製の板と紙の束を取り出した。

横からそっと覗《のぞ》き見ると、書き付けてある文字は日本語で、俺は頭がクラクラした。日本語で話をしているのだから、当然文字も日本語になるだろう。しかし実際に使われている文字が日本語と同じ平仮名、片仮名、漢字というのは予想していなかった。

これじゃほぼ日本だ。まだゲームのほうが世界の設定に凝っているだろう。

覗きこまれていることに気づいたのかアレリアさんが顔を上げた。俺の顔にある驚きを見て、彼女は察したようだ。

「ワンくん、読めるんだな？」

「あ、はい。俺の記憶にある日本の文字と同じです」

「もしかして書けるのかい？」

「ええ、まあ、それなりには」

俺は記憶を探ってみたが、文字を忘れているということはないようだ。読めるように書ける自信があった。

ちょっと書いてみろとペン、というか、なんだこれ？　黒い炭の塊のようなものを渡されたので、俺はアレリア先生が手に持つ木板の上の紙、あ、これも普通の紙じゃない。とにかくその紙の上に〝ちょっ〟と書いた。

「ふむ、ますます興味深いな。共通語スキルを持っているわけでもないのに、共通語を扱えるのか。あ、いや、レベル１だからか。スキルを獲得する機会がないんだな。ちょうどいい。これを読めば君の助けになるだろう」

アレリアさんは俺のボケを完全にスルーしてひとり納得すると、俺に鞄から取り出した紙の束を押し付け、彼らと言葉を交わしながら、この部屋の状況を確認して、記録し始めた。

悲しいから俺もなかったことにしておこう。

さて、とりあえずアレリア先生から渡された紙束を読もう。

実際に手に取ってみると、これが俺の知っている紙とは全然違うものであることがわかる。手触りは粗く、やや硬い。厚みもあるようだ。

紙束とは言ったが、それほど枚数はないだろう。というか、一番の上の紙をよく見ると、端に33と書かれていた。一枚めくると32、ページ数だ。

アレリア先生が几帳面《きちょうめん》というべきか、それとも一枚一枚バラバラの紙束なのだから当然のことなのか。とにかく読む順番はわかった。

1ページ目から読み始めることにする。

そこにはアレリア先生がこの調査に出発した経緯から始まり、実際に出発してからの記録が、大量の考察とともに綴《つづ》られていた。

すごく簡単にまとめてしまうなら、魔物が急に増えた原因の調査を国から命令されてきたということになるだろう。

実際にアレリア先生が指名されるに至る経緯も、学会に対する大量の愚痴とともに書かれていたが、まあ呆《あき》れ返《かえ》るようなものだった。これに比べたら日本の政治家はまだマシなほうだよ。きっと。少なくとも会議に代理人を立てて、誰ひとり出席しなかったなんて話は聞いたことがない。

で、ほぼ行きあたりばったりな調査旅行だったものの、原因と思《おぼ》しきエーテルの暴走と、その発生源であろう遺跡に到達、探索していくうちにこの部屋に辿《たど》り着《つ》き、それまで暴走していたエーテルが魔法陣の上に収束したかと思うと、俺が現れた、ということのようだ。

いや、本当に簡単にまとめてしまったけれど、結構な長さだった。具体的に言うと小説の一章分くらいの分量はあったのではないだろうか？　学会編と探索編で二章構成でも行けそうだ。ただ前半は愚痴が多く、後半は考察が多いので、かなりの部分を読み飛ばしてしまった。少なくとも誰かに朗読して聞かせられるような内容ではない。

ところでエーテルってのはなんだろうか？

俺の知るゲームではマジックポイント回復薬の名前だったが、この世界では空気中に存在する何かであるようだ。

「一度、外に出て状況を確かめる必要があるな」

俺がエーテルについて考えているとアレリア先生がそう言った。

「ワンくん、だいたい状況は摑《つか》めたかね？」

「えっと、質問しても、良さそうですね。エーテルってなんですか？」

「それは光の伝達物質だ」

「はい？」

予想外の答えが返ってきて一瞬戸惑う。

「詳しい話は後で聞かせてやろう」

アレリア先生の目がキラキラ輝いてて眩《まぶ》しい。もう語りたくて語りたくてしかたがない人の目だ。

「今は一種のエネルギーを伝達する性質のある物質という認識で構わない。これは理解できる？　できるね。よろしい」

「いや、結構いっぱいいっぱいなんですけど」

「君が現れて、この部屋のエーテルは正常に戻った。外も同様か確認する必要がある。もしエーテルの暴走が止まっているのであれば、魔物たちが戻ってくる可能性が高い。我々は速やかに撤収しなければならない。だがそうなると悪いが……」

「この遺跡や魔法陣について調べる時間がないんですね」

「というより、調べたところでわかるわけもないのだがね。せめて魔法陣の見える範囲の模写だけでもしていければいいのだが」

スマホのバッテリーがなくなっているのが悔やまれる。カメラで撮れば一瞬で記録できるのに。

もっともバッテリーが残っていたところでスマホでは半日程度しか持たないだろう。充電手段のない今、スマホはただの文鎮代わりだ。

「いえ、まずは安全が第一です」

工事現場の標識みたいなことを断言する。

日本に戻りたいという気持ちはあるが、それほど切迫した感情ではない。おそらく記憶がないのが原因だろう。正直、このまま日本に送り返されたとしてもどうしていいのかわからない。

それよりはこの世界でまずは安全な生活を手に入れたい。

食べるもの、寝るところ、差し当たってはその二つを確保する。いろいろ考えるのはそれからだ。

ここが危険地帯であることはなんとなく察している。それは彼らの装備を見てもそうだし、俺と出会ったときの警戒ぶりからしてもそうだ。

なによりアレリア先生の記録によるとここは魔界の中であるらしい。

魔界というのがいったいどういう場所なのかはわからないが、少なくとも人類にとって危険なエリアにつく名称であることは疑いようもない。

だからアレリア先生が町に戻るべきだと判断したなら、それに異論を挟むつもりはなかった。

「君は物分かりが良《い》いな。多少はわがままを言ってもいいんだぞ？　君の境遇を考えると、もっと落ち着きをなくしてもいいものだ」

「それじゃ財布返してください」

「……また貸してくれるかい？」

「……もちろん、いいですよ」

上目遣いのアレリア先生がなんか可愛《かわい》くてつい了承してしまった。

アレリア先生のローブの中から財布が現れる。それを受け取ると、意外なほどほっとした。

もはやこの財布にはなんの価値もないことは理解しているものの、財布があれば多少のことはなんとかなる感は、現代日本人ならわかってくれるのではないだろうか？　電源の入らないスマホもそうだが、無意味そうだが持っていようと思う。

「ゴードンくんももういいだろう？　ワンくんにはなんの変調もないよ」

「確かにそうだ。疑って悪かった」

大剣さんはそう言って、驚いたことに頭を下げた。

「頭を上げてください。疑うのは当然だったと思います」

「そう言ってくれるか。ワン、道中は俺たちがしっかり守るから、安心してくれ」

大剣さんがそう言って拳を突き出してきたので、俺も拳で合わせておいた。たぶん、こういうことだと思う。

なんというか、この大剣さんは良くも悪くも真《ま》っ直《す》ぐな人なんだろう。猜疑《さいぎ》心を隠すこともしないし、自分が間違っていたらそれを認められる。竹を割ったような性格っていうのはこういう人のことを指すんだろうな。

「よし、いつまでもレベル１ってわけにもいかねーだろ。俺がビシバシ鍛えて、すぐに20くらいにしてやるよ」

ひえっ！　どんなスパルタなんすか。メチャクチャ怖ぃ。

しかしそんなゴードンさんにアレリア先生が待ったをかけた。

「待ちたまえ、ゴードンくん。とりあえずワンくんには魔術士の適性があるかどうかを確かめる。こればかりはレベルが低いうちの問題だ。わかるだろう？」

「あー、まあ、確かにそうだな。それにひょろっちぃから魔術士向きだな。だけど体も鍛えたほうがいいんだがなあ」

「あの、俺が魔術士になれるんですか？」

聞き捨てならなかったので聞いてみる。

「魔術士と名乗れるかどうかはわからないが、魔術自体は誰にでも扱えるものだよ。ただスキルを獲得するのが少々難しいだけでね」

「まー、俺でも魔術士スキルはもってっからな。スキルレベルは1だけどな」

「マジすか⁉」

筋肉ダルマな感じの大剣さんが魔術を使えるというのは意外にも程がある。

「おおマジよ。火と水が使えんぞ。まあ、今は杖《つえ》持ってきてねーからな」

「今度見せてください！」

「いいぜ！　野営地に戻ったら火起こしは任せときな！」

「おおー」

パチパチと拍手はしておいたものの、なんか地味だ。

火起こしって。攻撃魔法とかじゃないんですかね？

それともスキルレベルが1だとそんなもんなんだろうか？

「アレリア先生は魔術士なんですか？」

「そうだね。というか、君まで先生って言うのか」

「おっと、つい。それで魔術士スキルのレベルはいくつなんですか？」

「私は5だな。火系統のスキルも4ある。まあ、そこは典型的な魔術学会の魔術士だな」

「レベルと比べるとスキルレベルはずいぶん上がりにくいんですね」

「そりゃそうだ。現在知られている中で最高が10だからね。この国だと8が最高だな。レベル11に達したという伝説もあるが、眉唾ものだな。まあ、君は知らないんだろうが、スキルレベルを上げるのはとにかく難しいんだ。特に上がれば上がるほど、上がりにくくなる傾向があるからね。私の魔術士5でも、他人《ひと》からは羨まれるほどには高いし、ユーリア嬢に至っては、な」

アレリア先生がちらりと杖を持ちフードを被《かぶ》った女性に目を向ける。

「あの魔術士さんですね」

「そうだ。彼女は魔術士スキル8だよ。水系統の8も持ってる。一番すごいのは魔力操作の7だな。世界中を探してもそうそういないのではないかな？　彼女はまだレベルが低いから、さらに伸びるだろう。正直、冒険者にしておくのはもったいない逸材だよ」

つまりいわゆる普通のレベルは上限こそわからないが二桁当たり前で、スキルレベルのほうは10が上限なのだろう。この国の最高が8なのだから、アレリア先生の5だって決して低くないし、あの魔術士さんの8はそれこそ国からスカウトが来ないのがおかしいくらいだ。

「魔術士を名乗るためには、魔術士のスキル3が必要だ。ここまで上がると実用的な魔術が使えるようになる。現実的な話をすると、アルゼキア王国では魔術士3あればそれだけで国から援助が出るようになる。その代わりに何かあったときに国からの要請を撥《は》ね除《の》けられなくなるがね。それでも生活には困らないくらいの援助は受けられる。そういうわけだから、君も魔術士スキルが得られるようにやってみるつもりだ。そんなところでいいかな？　それじゃ出発しようか。まずは遺跡の外へ。天球が暗くなる前に野営地に戻ろう」

つまり手っ取り早く俺が自立するには魔術士のスキルを3まで上げてしまうということになるのだろう。そうすればたとえ仕事に就かなくとも生活の保障は国がしてくれるというわけだ。

「了解しました。付いていきます」

こうして俺はまだ何一つ見知らぬ世界に足を踏み出すのだった。

第三話　異世界の空

アレリア先生はここを先代文明の遺跡だと言った。

いわゆる古代文明の遺跡というやつだろう。地球で言うなら古墳や、エジプトのピラミッド、イタリアのローマ帝国史跡、タイのアユタヤ、アンコール・ワットはどこにあるんだっけ？　とにかくその辺が該当するに違いない。過去の人類が残した建造物のことだ。そしてそれらに共通するイメージとして、朽ち果てているというのがあるのではないだろうか？　もちろん文化保護のために補修などが行われているケースも多々あるが、その多くが当時の佇《たたず》まいを再現するというよりは、その後に積み重ねてきた時間のことも考慮されているように思う。ぶっちゃけると古くてボロボロになっているというイメージだ。

確かにここも遺跡だった。

俺が召喚された部屋から一歩外に出ると、そこには朽ち果てた廊下があった。床に積もった埃《ほこり》が管理者の失われたことを如実に語っている。材質は室内と同じ素材のようだったが、劣化が激しい。至るところでめくれ、崩れ落ちている。

不用意に息を吸った途端に咳《せ》き込《こ》んだ。

空気中に大量の埃が舞っている。

ただ部屋から出ただけなのに、まるで別の場所にいるようだ。

「なんで……」

そこまで言ってしばし考える。

この状況について質問する前に、質問するべきことに迷ったからだ。

「なんで、俺が召喚された部屋は風化してないんでしょう？」

「うん。それは私たちも疑問に思ったところだ。これは憶測だが、時間が止まっていたと私は考えている」

時間を操る魔法。

ファンタジーなら珍しくもなんともないと言えるかもしれない。ゲームでいう敵の行動を停止させる魔法の範囲限定版と言ったところだろうか。

「さっきの部屋の床に魔法陣があったろう。その複雑さは君も見たとは思うが、あれはひとつの魔法陣に複数の魔法を織り込んであるためだと思われる。どういう理由でかはわからないが、先代文明はとにかく物事を複雑にするのが得意なんだ。君を呼んだ魔法、時を止める魔法、エーテルを集める魔法、その他にどれくらいの魔法があの魔法陣に織り込まれているのか、私には想像もできないな」

そう言ってアレリアさんは頭を振った。どうやら魔法陣は解析できるものではないようだ。もちろん俺にもわかるわけがない。基板に似ているとは思ったが、そもそも基板に関する知識がまったく足りていないし、あったとしてもそれが役に立つとも思えなかった。

俺たちはさっさと遺跡を進むことにする。

廊下の幅は四、五メートルほどだろうか。ここにいる全員が横一列に並ぶのは無理そうだ。隊列は松明《たいまつ》を持ったイケメン中年を先頭に、大剣さんと長槍《ながやり》さんが二列目、その後ろにアレリア先生と俺、その後ろに魔術士さんと盾持ちさんが最後尾となっている。イケメン中年が先頭なことに疑問を感じないでもないが、少なくとも俺とアレリア先生が一番安全な位置にいるのは間違いないだろう。

「ここはなんのための建物だったんでしょう？」

「うーん、それが先代文明のことはわからないことだらけでね。どうも彼らは記録というものを残さなかったか、あるいは我々がそれをまだ見つけられないでいるか。遺跡は至るところに残っているというのに、それに関する文献が一切見つからない。ものはあるのに機能しない。それに関する説明もない。なにをするものなのかわからない。ないない尽くしでね。一時は先代文明の解析が流行《はや》ったこともあったようだが、大した成果を得られることもなく、現在では発掘品を一部の好事《こうず》家《か》が蒐集《しゅうしゅう》しているくらいだ。だから私にはこの遺跡が何のために建てられたものかは見当もつかないね。むしろ君の異世界の知識に期待したいくらいだよ」

アレリア先生が肩をすくめる。

俺は改めて周囲を見回したが、もちろんこんな遺跡に見覚えなどあるわけがなく、そこに自分の知識が当てはまることもなかった。

言えることがあるとすれば、

「遺跡というわりには近代的な感じがしますね」

「近代的？」

俺は自分の言ったことを反芻《はんすう》して、その意味が通じるわけがないことに気づいた。

この世界が剣と魔法の世界のお約束である中世準拠の世界であるならば、現代日本の俺の思い浮かべる近代と、アレリア先生の思い浮かべる近代には、大きな隔たりがあるだろう。それに俺の言いたいこと自体が近代的という言葉には当てはまらないような気もする。

つまり崩れかけ、埃が積もっているものの、ここは古代の遺跡というよりは学校か病院のような施設を連想させる造りをしている。現代日本の建築物とは明らかに違うが、遺跡という言葉から連想できるような古臭さもない。

「言葉を間違えました。機能的で無駄がないと言いたかったんです」

「確かに先代文明の人々は建物を飾り立てることには興味がなかったようだ。だが無駄がないというのはどうかな？　なんのために造られたのかわからないものだらけで、無駄がないのか、無駄だらけなのか、私には判断できないな」

その後も雑談を交えながら遺跡の中を進んでいった。

どうやら俺のことを除いては新しい発見などは何もなかったそうだ。この遺跡は全体からするとほんのわずかしか探索できていないそうだが、残りのエリアは扉が開かないなどで立ち入ることすらできていないらしい。今回は何らかの形で装置が作動した結果、それに連なるエリアだけ扉が開いたのだろうということだ。

さらにこの遺跡にはアレリア先生たちを除けばしばらく誰も立ち入ってないだろうとのことだった。つまり俺の召喚は誰かが任意的に起こしたことではないということになるんだろう。ますます俺が日本に帰ることができる可能性が減ったわけだ。

やがてイケメン中年の先導で俺たちは遺跡の出口に差し掛かった。

扉はなく、かつてはあったかもしれないが、今は失われていた。

外からの光が差し込んできている。

俺は心のどこかが弛緩《しかん》するのを感じた。

ずっと光源が松明だけということでどうやら緊張していたらしい。いや、それどころではないような気もするが、松明の灯《あか》りよりは太陽の光のほうがずっといい。

それにしてもファンタジー世界か。

どんな感じなんだろう？

よくあるイメージとしてはどこまでも広がる平原とか、山脈とか、遺跡、は今いるか。それからお約束としては巨大な岩が浮いていたりするんだろうか？

記憶は失ったが知識はある。大抵のことには動じずに済むだろう。水滴形のスライムがぽよんぽよんと跳ねてきたり、ドラゴンが空を飛んでいたりもするかもしれない。

まあ、魔物とすぐに出くわすことはなさそうではあるが、アルゼキア王国への道中では何度もお目にかかることになるのだろう。

だが何が現れてもアレリア先生や、大剣さんたちが守ってくれるというのを俺は信じる。

俺は慌てふためいてパニックを起こして彼らの邪魔をしないようにだけ注意していればいい。

だからこそ、どんなことが起きても動じない。

そういう心構えが必要なのだ。

「ってなんだこれええええええ！！！」

遺跡から一歩出た俺はその瞬間に恥も外聞もなく喉の奥から叫んだ。

最初に目に飛び込んできたのは、空。

青空だった。

だがその空は真っ二つに分かたれていた。

空の半分が、空ではなかった。

俺は膝から崩れ落ちそうになるのを、必死でこらえなくてはならなかった。

それでも膝はガクガクと震えた。

それはあまりにも異様な光景で、一方で〝それ〟がなんであるか俺は理解していた。理解できていた。だからこそ心はそれを受け入れまいとして、俺は何度も瞬きを繰り返し、それが消えないことを確かめた。

見間違いではない。それは確かに頭上にある。

空の半分を埋めるもの。

それは地球風の言いかたをすれば、〝月〟ということになるのだろうか。星ほどに小さくなく、恒星でない、空に浮かぶもの。だがそれがあまりにも大きい。空の半分を埋めて、まだその全貌が明らかになっていない。その大半は大地に隠れているのだ。そしてそれは月のような無機質な衛星ではない。その斑《まだら》模様から察するに木星や土星のような惑星だ。

そう、惑星だ。

青い斑模様の惑星が空の半分を埋め尽くしている！

「なにをそんなに驚いている。天球を見るのは初めてか？」

「初めてだよ！　何もかも初めてだよ！」

俺は完膚なきまでにここが異世界であることを思い知らされた。そしてそのあまりにも圧倒的な光景に、体が押しつぶされそうなほどの重圧を感じていた。まるであの惑星が俺に向かって圧力をかけてきているみたいだ。息すら苦しい。

なにせ今にも空が落ちてきそうなのだ。

はっきりと巨大すぎるとわかるものが頭上にあるのだ。

あれと激突すれば、世界なんて一瞬で吹き飛んでしまうのだ。

ただその威容だけで、俺は呼吸を止められてしまう。

「待て、ちょっと待ってくれ、頭上に惑星があるってことはここは衛星か。だったら太陽とかどうなるんだ？　一日はどういうことになるんだ？」

地球の一日とは、太陽に対して地球が一回転することだ。それに対して確か月はその公転周期と自転周期が一致するため、地球に常に同じ面を向けて地球を回っている。その月の上に立っているとしたら、一日はどう判断すればいい？

そんなもんわかるわけがない。

「何を混乱しているんだ。天球が明るくなって一日が始まり、暗くなって一日が終わる。簡単なことだ」

「太陽は？　太陽はどこに行った？」

「この時間だと太陽はもう天球に隠れているな」

よかった。あるのか太陽。いや、当然だろう。でなければ空が明るいはずがない。

俺は何度も深呼吸して息を落ち着けようと努力した。

酸素が血液を巡って全身に行き渡る感覚がある。実際にそれを感じているわけはないから錯覚だろうが、手足の先にチリチリと痺《しび》れが走る。それからゆっくりと手足の感覚が戻ってきた。膝の震えは止まった。

オーケー、わかった。

ここにも太陽があるようだから、太陽系としよう。その太陽系の生物生存可能領域に惑星があって、その惑星には大気を持つほどの質量がある衛星があって、それがこの大地だ。

よし現状は認識した。それがいったいなんの助けになるのかはわからなかったが、少なくとも頭上にあるあまりにも巨大な存在について、自分を納得させる理由にはなった。

「天球は動くのか？」

「天球が動くわけないだろう。いや、ゆっくりとは動いているらしいが、目で見てわかるようなものではないな」

月と同じだ。この衛星は惑星に対して常に同じ面を向けているに違いない。ということは惑星が反射する太陽の光が、この世界での昼の光というわけだ。

「一日ってどれくらいの長さなんだ？」

「六十時間だ。どうやらこの世界はワンくんの知っている世界とはずいぶん違うようだな」

「地球は一日二十四時間だよ。ちくしょう」

なんとか取り戻したはずの冷静さをかなぐり捨てて、思わず地面を蹴りつける。

六十時間だって⁉

どう考えてもこの世界の人間と生活リズムが合うとは思えない。それ以前に正気を保っていられるだろうか？　二十四時間を超えて続く昼に。二十四時間を超えて続く夜に。俺の精神と肉体は耐えられるだろうか？

「くっそ、ちょっと楽しそうとか思ってた自分が馬鹿だった。今すぐ帰りたい」

頭を掻《か》きむしる。

一日が三十時間だったら、毎日あと何時間か寝ていられるのにとか考えられるのだろうが、そんなレベルじゃない。

六十時間だ。

六十時間だぞ。

これが四十八時間ならまだ昼の一日と夜の一日みたいに割り切れたかもしれないが、なにこのぴったり二日と半分って。毎日十二時間ずつ一日がずれるとか嫌すぎる。

俺が頭を抱えて地団駄を踏んでいる様を、アレリア先生は興味深そうに眺めていたが、やがてポンと手を叩《たた》いた。

「ワンくん、ちょっと落ち着こうか」

「これが落ち着いていられるか！」

「いや、考えてみたんだがね。果たして君の言う一時間と、私の言う一時間は同じものかな？」

「は？」

「つまりだね。時間というのは言ってしまえば究極的には一日という単位しかないんだ。天球が明るくなって暗くなる。この一周のサイクルが一日だ。これは理解できているね。そしてそれより短い時間の単位というものはそれを使う人々が便利なように区切った尺度にすぎない。つまり一時間が六十個集まって一日になるわけではなく、一日を六十個に分割して、その一個を一時間と呼ぶようにしているわけだ。その証拠に一日を十の時間にしか区切らない国もある。文献で知った話だけどね」

俺は混乱する頭でアレリア先生の言葉を反芻《はんすう》した。

徐々に落ち着いてくるのを感じる。

「……それはつまり一時間の長さそのものが違う、ということですか」

「おや、落ち着いてきたようじゃないか」

「まだ混乱してますが、ええと、もうちょっと教えてください。それじゃあ一時間はどう区切りますか？　つまり一時間は何分で、何秒ですか？」

「ほうほう。ふん、に、びょう、か。ワンくんの世界では一時間をさらに区切ってわけるようだな。中々に細々《こまごま》しているじゃないか。残念ながらここでは一時間をさらに区切ったりはしないよ。それより短い時間の単位は滴《てき》だ」

「滴……、それじゃあ一時間は何滴ですか？」

「決まっていないな。そもそも滴はだいたいこれくらいという尺度でしかない。一応、水を満たして落ちてくる雫《しずく》を数えて一滴とする滴儀《てきぎ》という装置もあるが、出来はまちまちでね。ものによって微妙に雫の落ちる速さが違う。まあ、だいたい一滴というと、いち、に、さん、と、これくらいだな。一時間は二千滴くらいかな？　一日中滴儀の雫を数えた記録もあるんだが、十一万から十三万の間で落ち着いているから、おおよそ正しいだろう」

アレリアさんが取ったリズムは、感覚的に一秒よりやや速い感じだ。ということはこの世界の一時間は二千秒よりかなり短いと見ていいだろう。地球の一時間は三千六百秒で、ええと。

俺は暗算できなくて、石を使って地面に計算式を書いた。

二十四時間は、八万六千四百秒だ。

長く見積もって一時間が二千秒だとしても一日は十二万秒、まあ三十と何時間かというところだ。それくらいなら惰眠できる時間が延びるという認識でも構わないだろう。

なんとか許容できる範囲内に収まってきた。

「ほうほう。ずいぶんと算術が得意だな」

「こんなのは小学生レベルですよ」

「しょうがくせい？」

「ああと、六歳から十二歳までの子どもが通う学校です」

「それってもしかして年齢かい？」

「そりゃ年齢ですけど」

アレリア先生はしばらくじっと考えこんでいたが、やがて頷《うなず》いて顔を上げた。

「そうか、君の世界にはレベルがないんだったな。成長度を計る尺度がないから時間で管理するのか。しかしそれだと個人差はどうやって吸収するんだい？　年齢でひとまとめにしたところで、出来不出来にはずいぶん差がつくだろうに」

「それは、まあ、出来のいいのは自分で勝手に勉強したり、塾に通ったりしますし、うーん、どちらかというと最低限の知識と教養を身につけさせる場と言ったほうがいいんですかね。あと集団での行動も学べますし」

「うーん、なんだかそういう教育法はこっちにもあった気がするぞ。なんだったかな……」

唸《うな》って考え込んだアレリア先生への助け舟は意外な方向からやってきた。

大剣さんが頭をボリボリ搔きながら、声をあげたのだ。

「あー、軍隊だよ。先生。軍隊だ。あそこじゃレベル関係なくとりあえずひとまとめにしてよ、叩いて同じように仕上げて使えるようにするんだ。槍構えて一列に並んでよ。進めって言われたら、進むんだ。んでよ、いいスキル持ちだけが出世するんだわ」

「ふむ、なるほど。兵士には個人の資質よりも、集団としてのまとまりのほうが必要とされるからな。魔術士としても、そういう兵士が相手だとやりにくい。十や二十は倒せても、百のまとまった集団に勝つのは容易ではない。個々の資質を伸ばすのではなく、集団として固めて、なおかつスキル持ちは抽出する。それを子どものうちから徹底させるのか。ワンくん、君の世界はずいぶんと物騒だな」

「いや、俺のいた国、軍隊ないからね！」

自衛隊が軍隊かどうかは置いておくとして、建て前上は一応というやつだ。

つーか、俺がいろいろ聞きたいのに、俺の世界のことばっかり話させられてる気がする。

「ともかくもうすぐ日が暮れる。ワンくんの疑問も尽きないだろうが、今は野営地に向かおう」

日が暮れるというのなら是非もない。

俺たちは移動を開始する。

遺跡の外に広がっているのは草原だった。

だが現代の日本人が草原と聞いて思い浮かべるのとはちょっと違うかもしれない。遺跡の外に生い茂っている草は、子どもの背丈ほどの高さがあったからだ。俺の胸のあたりまでが草に覆われてしまう。ふと振り返ると魔術士さんは肩のあたりまで草に埋もれていた。

ついでに俺たちが今出てきた遺跡も見えた。やはりそれは巨大な学校に見えないこともなかった。ただ日本の学校との違いがあるとすれば、全体的に丸みを帯びたデザインになっていることだろうか。あるいは時間をかけて侵食された結果なのかもしれない。それと窓かあるいはそれに該当する穴が壁面に見えない。結構な高さがあるように見えたが、今回移動したのは一階部分だけだ。

どこか入れなかった場所に階段か何かがあるのだろう。

それから同じような建物がいくつも周囲に建っているのが見える。遺跡というよりは遺跡群だ。

「野営地まではどれくらいですか？」

「一時間もかからないよ」

結構遠いんだなと思ったが、すぐにそれは違うことに気がついた。

せっかくなのでこの世界の一時間がどんなものか体感させてもらうことにしよう。

程なくして一行は一本だけ生えた木のそばに張られた天幕にたどり着いていた。木には四頭の馬が繋《つな》がれている。どうやらここが彼らの野営地らしい。感覚的には二十分か三十分くらいだ。この世界の一時間はかかったと思っておきたいところだが、明確な答えは得られなかった。〝一時間もかからない〟という言葉が、実際に一時間を指すわけではない可能性もある。他人《ひと》の言う〝すぐに〟が信用できないようなものだ。

一行はそれぞれに背嚢《はいのう》を下ろしたりしたが、武装は解除しない。決して空気が緩んだりはしなかった。

そういえばここは魔界だという話だった。

エーテルの暴走とやらで周囲に魔物はいないという話だったが、今はそれも収まっている。なら、魔物たちが戻ってくるってことだ。

アレリア先生は早速木板と紙とペンを取り出していた。

「私は記録をつける。ウィンフィールドくん、ユーリア嬢を借りるぞ」

「いいですが、何を？」

「ワンくんにステータスの見方を教えさせる。ついでに魔術の基礎もだ。手は足りているだろう？」

「食事の味付けに文句をおっしゃらないのであれば構いませんよ。しかし魔術ですか。可能性は低いと思いますが」

「だろうな。だが貴重な事例を逃す気はない。私自身がやってもいいんだが、魔力操作スキルはユーリア嬢のほうが上だからな。適材適所だ。いいな。ユーリア嬢」

「……だいじょうぶ、です。できます」

「ワンくんも魔術が使えるようになるほうがいいだろう？」

「もちろんです！」

俺は一も二もなく頷いた。

魔術が使えると聞いて心が躍らないわけがない。そうだろう？

第四話　魔術士ユーリア

気がつけば空は深い藍色に染まっていた。天球は空との境目あたりがわずかに明るいだけで、他の部分は目を凝らさなければよく見えない。まだ暗いというほどではなかったが、言っている間に夜がやってくるのは間違いない。

長剣さんが石を積んだだけの簡易的な竈《かまど》に薪《たきぎ》を並べていって、大剣さんが短い杖《つえ》を持ってきて、そこに向けたかと思うと、小さな炎が生まれた。マジで魔法使いだよ、この人。しかもものすごいドヤ顔で見てくるので、思いつくかぎりの賛辞を並べておいた。生まれて初めて本物の魔法を見て、自分でも思ってる以上にテンションが上がっていたのもある。

とにかく野営地に小さな灯《あか》りが灯《とも》った。

「こっち……」

目深《まぶか》にフードを被《かぶ》り、ローブを着込んだ魔術士さんにぐいぐいと袖を引っ張られる。

彼女は俺を竈から少し離れたところにある岩の上まで引っ張っていくと、隣り合って腰掛けた。

なんでフードを被ってるのに女の子ってわかるのかって？　そりゃ豊かな二つの膨らみがローブを押し上げてるからだよ！

「あの、ユーリアです……」

蚊の鳴くような声だった。

彼女の表情はフードに覆われて読み取れない。

「えっと、ワンです。なんにも知らないのでよろしくお願いします」

「はい、わたしが魔術士、です」

彼女は身長ほどもある杖をぐいぐいとこちらに向けてくる。

なんだこれ。新手のいじめ？

「……魔術が使えます」

彼女が杖を掲げると、見る見るうちに水の塊が生まれる。それはどんどん大きくなり、あっという間に人間ひとりなら覆い尽くせるくらいの量になった。それが俺と彼女の前の空間に浮遊しているのだ。

「す、すげー」

思わず声が漏れる。

大剣さんには悪いが、やはり本職の魔術士は格が違った。

正直、大剣さんの魔法はライターでもあれば代用できちゃいそうだなというのが感想だった。もちろんこの世界にライターがあるとは思えないから、便利な魔法なのだろうが、知識にある現代日本で手軽に再現できる程度のものでは、驚きはしても感激はできない。それに比べて、魔術士さんはほんの何十秒かでバスタブいっぱい分くらいの水をどこからともなく出現させた。これは現代日本でも再現不可能な事象だ。こんなことができるのであれば、水不足問題なんてあっという間に解決してしまう。

俺が本気で感激しているのがわかったのか、魔術士さんはその豊かな胸を張った。顔は見えないが、大剣さんのようにドヤ顔をしているに違いない。

ふと俺はそれを確かめたくなって、彼女の顔を覗《のぞ》きこんだ。

「ぴゃ！」

奇声があがったかと思うと、魔術士さんは杖を持っていないほうの手でぐっとフードを下ろすようにして顔を隠してしまった。その瞬間に宙に浮いていた大量の水は制御を失ったのか、地面に落ちて大きな水たまりを作った。

しかし一瞬のこととは言え、彼女の顔はちらりと見えた。まだ幼さを残した、紛れもない美少女がそこにいた。

「うー」

まだフードを摑《つか》んだままの魔術士さんが唸《うな》り声をあげる。

そんなに顔を見られるのが嫌だったのだろうか？　少なくとも隠さなければいけないような顔ではない。むしろすれ違ったら振り返って確認したくなるくらいの美少女だ。フードで隠すのはもったいない。

しかし魔術士さんの機嫌を損ねてしまったことは間違いないようだ。

「ごめんなさい。悪気はなかったんです。えっと、どうしたら許してもらえますか？」

「……褒めて」

おう、予想外の球が飛んできたな。

しかし文句のつけようのない美少女を褒めるというのも、案外難しいものだ。何より気恥ずかしい。

「その、一瞬しか見えなかったけど、その、すごく可愛《かわい》かった。ホント、芸能人とか顔負け。いや、芸能人とかわからないか。ええと、絵になるというか、飾っておきたいくらい。変な意味じゃなくて」

自分の語彙のなさが情けなくなるが、とにかく可愛いを連呼することしかできない。

俺が必死に語彙力を動員させているのを、魔術士さんはしばらく黙って聞いていたが、やがてボソリと言った。

「……違う、魔術」

なんでもっと早く言ってくれないんや！‼

顔から火が出るとはこういうことを言うのだろう。

考えてみれば、魔術士さんは俺が大剣さんの魔法を褒めているのを見て、ぐいぐいと袖を引っ張ってきたのだ。魔術士でもない人の魔法を俺が褒めていたのを見て、自分のほうがもっとすごいという思いがあったのだろう。あれだけの量の水を魔法で出したのだって、大剣さんに対抗する意図があったに違いない。魔法を見せるだけならばもっと少ない水の量でもよかったのだ。

俺はあわあわしながら、今度は彼女の魔法を褒《ほ》め称《たた》えた。

特に俺のいた世界では火を起こすより、水を作るほうがよほど難しいことなんかをあげて、大剣さんの魔法と比較することも忘れない。心から大剣さんの魔法より、魔術士さんの魔法のほうがすごいことを言いまくった。

「……魔法、じゃない」

不意に魔術士さんが言った。

「え？」

「魔法じゃない、です。魔術、です」

言われてみれば彼女は魔法使いではなく、魔術士だった。

しかしその違いが俺にはよくわからない。

俺の戸惑いに気づいたのか、魔術士さんは魔法と魔術の違いについて説明してくれる。

「魔術はわたしたちが使えるもの、です。魔法はわたしたちには使えないもの、です」

「えっと、人間が使えるのが魔術で、さっきの遺跡とか、つまり、えっと先代文明で使われてたのが魔法ですか？」

「……魔法は、自動的に起きたりも、します。大地が揺れたり、雷が落ちたり、します」

「あー、なるほど」

自然現象の一部も魔法だという認識であるようだ。

魔術でいろんなことができる分、人間には扱えないレベルの災害などは魔法という扱いになってしまうのだろう。それについて自然現象の原理を説明したところで意味はないだろう。

人間が使うのは魔術。それを超えるものは魔法。

とにかくこれはきっちり覚えておいたほうがいいようだ。

「その、ワンさんは別の世界から来た、ですよね？」

「はい。ここはまったく違う世界です。魔術も魔法もない世界です」

「……その世界にも差別や偏見は、あります、か？」

また変化球が飛んできたな。

今度は読み違えないようにしなければ。

しかし急に話題の方向性が変わったせいで、なぜ魔術士さんがそんなことを聞いてきたかわからない。正直に答えるにしても、少し考える時間が必要だった。

「ない、とは言えないです。見た目や、生まれや、国の違い、それから貧富の差、いろんな差別や偏見があります。でもそういう差別や偏見は良くないことだと言われています。すべてをなくすのは難しいでしょうけど、なくそうと努力している途中、という感じでしょうか」

「……ワンさんも、差別したり、しますか？」

どうだろうか？

記憶がないからかつての自分が差別的な人間だったかどうかはわからない。だけど差別が良くないことだという認識はある。差別と呼ばれるもののほとんどは、彼らが望んでそうなったわけではないだろう。だがたとえば電車の中で誰かが奇声をあげていたら頭のおかしい人だろうかと白い目を向けてしまうだろうとは思う。自分がまったく差別をしない人間だとは思えない。

「しないようにしたいとは思っていますね」

嘘《うそ》でもしないと断言できないのが俺の心の弱い部分かもしれない。

「……わたしの顔、見たいですか？」

「それは見たいです」

即答だった。脊髄反射というべきかもしれない。

ふっと魔術士さんのまとっていた気配のようなものが緩むのを感じた。実際に体の力を抜いたのかもしれない。

魔術士さんはゆっくりと頭を覆っていたフードを外した。

一瞬しか見えなかった顔が今度こそ明らかになる。それと同時に桃色の髪がぴょんと跳ねた。

ん？

跳ねた？

彼女の整った顔があらわになったが、それ以上に俺はその頭頂部に視線が釘付《くぎづ》けになる。

そこには耳があった。

もちろん人間の耳が頭頂部についているわけがない。

そこにあったのは真上にピンと伸びた、桃色の毛に覆われたウサギの耳のようなものだった。

俺がガン見していることに気づいたのだろう。

魔術士さんは慌ててフードを被りなおす。

「待って！　もう一度見せて！」

詰め寄るような俺の勢いに、魔術士さんは身を竦《すく》めたが、そろそろとフードを取ってくれる。

そこにあったのは間違いなくウサ耳だった。

カチューシャとかの作り物じゃない。本物のウサ耳だ。

「すげー」

小学生並みの感想が口から漏れる。

こんな美少女にウサ耳とか反則にもほどがある。

「そうだ。耳、人間の耳があるところはどうなってんの⁉」

思わず敬語も忘れて聞いてしまう。

魔術士さんの側頭部は桃色の髪の毛に覆われてどうなっているのかわからない。

「……普通、です」

いや、その普通がわからないんですよ！

魔術士さんもそのことに気づいたのか、恥ずかしそうにしながらも側頭部の髪をかき上げてくれる。人間の耳があるべき場所には何もなく、普通に髪の毛が生えているようだった。

あ、普通って言ったわ。

「……差別、しませんか？」

「え、なんで？」

むしろ保護するべきだろ。

ウサ耳美少女とか重要文化財扱いで構わない。そのために税金払うことも厭《いと》わないレベルだ。

「アルゼキア王国は、神人《しんじん》の国なので、それ以外の人は、亜属と、差別、されます」

よし、その国は滅ぼそう。

「というか、シンジンってなに？」

「神に創られた人の種《しゅ》です。ワンさんも神人、では、ないですか？」

「いや、どうだろう？」

確かにキリスト教なんかでは人類は神によって創られたことになっている。しかし進化論では、人類は猿に似た猿人が進化した生き物だ。無宗教の俺としては断然進化論を支持する。

「神人っていうよりは、猿人《さるじん》だと思うけど」

「さ、さる……」

魔術士さんは目を丸くしてびっくりしているようだった。

びっくりした顔も可愛いな。

「だ、だめです。そんなことを言ったら、捕まってしまいます」

「え、マジで？」

「アルゼキア王国では、神人が、偉い、ので、貶《おとし》めるようなことを言うと、処刑されます」

「うわ、こえー。気をつけます。ありがとうございます。ユーリアさん」

「……ユーリア、です」

「はい。ユーリアさん」

「さんは、いらない、です」

「え、でも……」

「ユーリア、です」

「え、えと、ユーリア」

「はい。ワンさん」

初めて魔術士さんの顔に笑みが浮かぶ。なんだこれ。なんでスマホの充電切れてるんだ。一生保存ものだぞ。せめて脳内に焼き付けておこう。

それから心の中で魔術士さんと呼ぶのもやめよう。

「って、俺のこともワンでいいよ。敬語もやめよう。俺もやめるから」

「え、でも……」

「ワン、です」

ユーリアの口調を真似《まね》て言うと、彼女は微笑を浮かべる。

「ワン」

「ユーリア」

ふたりで顔を見合わせて笑い合う。

俺は今初めて心から生きていてよかった。そしてこの世界に来てよかったと思った。

ついに来たのだ、この世の春が。

ただ女の子と些細《ささい》なことで笑い合うということの、なんと甘美で、愛おしいものか。

俺は彼女と出会うためにこの世界に召喚されたに違いない！

「イチャイチャするのもいいが、魔術はどうした？　飯ができたぞ。ふたりとも」

ふたりして飛び上がった。

いつの間にか地面にできた水たまりを挟んだあたりにアレリアさんが立っていて、半眼で俺とユーリアを見つめていた。

「うわっ、アレリアさん、いつから」

「猿人のあたりからだな。あれはいいな。猿人か。もっとも正しくは猿人《えんじん》だろうけれど。でもまあ少なくとも神人なんて偉ぶった言いかたよりよほどいい。しかしユーリア嬢にフードを取らせるとは、ワンくんはなかなかのたらしだな。他の面々が砂糖を吐きそうだと言うので、私が呼びにきたが、なんだ、行き遅れの私に対する当て付けか？」

「いや、アレリアさんだって若いじゃないですか」

「皮肉……、じゃないようだな。君の世界ではそんなに結婚が遅いのか？」

「アレリアさんくらいならまだ結婚してない人のほうが多いと思いますよ」

「そうか、君を送り返せるなら私もついていくことにしよう」

真顔でそんなことを言うアレリアさんに続いて、俺たちは竈に向かう。

夕食は干し肉と乾燥野菜のスープと、携帯糧食だった。これでも野菜が入っているだけ贅沢《ぜいたく》なほうらしい。乾燥させた野菜は保存性が高いが、魔術で乾燥させるため値段が高い。しかしユーリアが乾燥させる魔術を使えるので、乾燥野菜を多めに用意できるのだそうだ。

味はかなり塩辛かった。

いつもは味付けを担当しているユーリアが俺に魔術を教えていたためこういうことになったよう

だ。今から水を足せばいいじゃないかとも思ったが、そうするとまた味が変わるらしい。料理のことはよくわからないので、塩辛さは水を飲んでごまかすことにする。

飲み水はユーリアが作り出せるのでいくらでも贅沢ができるのだ。

携帯糧食とはアレリア先生の弁だが、他のメンバーは堅パンと呼んでいた。たぶん、こっちが一般的な名称なのだろう。これはスープに浸して柔らかくしてから食べるものであるようだ。ただ堅パンがスープを吸い込みすぎて、肝心のスープのほうがほぼ消えてなくなってしまったけれど。

異世界に飛ばされて、記憶を失って、食事を胃が受け付けるかさえわからなかったことを考えると、ひとまず腹が膨れたというのは贅沢なことなのだろう。それでももうちょっと美味《おい》しいものが食べたいと思ってしまうのは、飽食にまみれた日本人の業《ごう》だろうか。

食後に改めてユーリアから魔術の手ほどきを受けることになった。

今度は真面目に、だ。

「まず、魔術士になるための、洗礼を、します……。する」

「洗礼？」

「はい。うん。普通は、赤ちゃん、お腹《なか》の中の赤ちゃんに、ステータスが見えたら、する」

ユーリアのたどたどしい説明をまとめるとこういうことのようだった。

女性のお腹の中の胎児がある程度育つとステータスが見えるようになる。その時点で魔力を胎児に流してやると、かなり高い確率で、レベル2に上がるときに魔術士スキルを覚える。もちろんレベル2や3に上がってからでも構わないが、レベル1のときに比べるとぐっと確率が下がる。出生後にも魔術士スキルを獲得する可能性はあるが、かなり難しいようだ。

だからこの世界では妊婦のお腹に新しいステータスが見えるようになると、魔術士に依頼して魔力を流してもらう。これを洗礼という。しかしそれには魔力操作というスキルが必要だ。そして魔力操作のスキルが高いほど胎児が魔術士スキルを得る可能性は高いと言われ、そういう魔術士に魔力を流すのを依頼するのは高額の依頼料が必要になるのだという。

「わたしは、魔力操作スキルが7あるので、適任、です。あ、です、はなし」

「ごめん、無理に敬語をやめなくてもいいよ。楽に喋《しゃべ》って」

「はい。そのほうが、いい、です」

ユーリアに促されて片手を差し出す。

契約のときは両手が必要だったが、洗礼は体のどこかに触れればいいのだそうだ。もちろん胎児に施す場合は母親の体を通してということになる。

俺の手にユーリアの細い手が重ねられる。アレリア先生の手とはまた違った柔らかさだ。細くて、弾力がある感じがする。

「あの、揉《も》まない、で」

「ごめん！」

いや、握手みたいなノリでぎゅっとしちゃったら、柔らかくてついついやめられなくなっただけなんです。本当に。

でも美少女の口から揉まないでってなんかいいな。もう一回聞きたい。あと、恥じらう顔ももっと見たい。

「いい、です。はじめます……」

頬を染めたユーリアが宣言し、途端に揺さぶられるような衝撃が体の中を走り抜けた。

てっきり魔力を操作するとか言う話だったから、アレリア先生との契約のときに感じた力の流れのようなものを想像していたが、これはまったく違う。あのときはアレリア先生との間に何か繋《つな》がりのようなものを感じたが、今のこれは一方的に力で蹂躙《じゅうりん》されている。なにか違うものが体の中に入り込んだ感覚。そう、注射器で薬液を注入されたような冷たさが全身に広がっていく。

思わず呻《うめ》くような声が漏れる。

寒い。

全身が凍りついてしまいそうだ。

「や、やめ……」

舌が痺《しび》れてうまく喋れない。

しかしなんとかユーリアには伝わったようだ。

全身に広がっていた寒気がすぅと引いていく。それに伴って全身の感覚も戻ってきた。体の隅々に温《ぬく》もりがあることに感謝する。つーか、魔力ってなんだよ。めっちゃ、こえーんだけど！

「いい抵抗、でした。素質、あります」

「今のが洗礼？」

抵抗ってなんだよ。

「普通は何も感じない、です。わたしの魔力をちょっと送り込んだ、だけです」

普通は他人《ひと》の魔力を受け入れてもなんとも感じないらしい。だがそれは何も起きていないわけではなく、単に魔力に対して鈍感なだけなのだそうだ。他人の魔力というのは異物であって、それを送り込まれたら肉体はそれを排除しようとするか、取り込もうとするらしい。しかしその一連の流れは魔力を感知できないかぎり気づくようなものではないそうだ。

「抵抗されたので、押し入れました、です」

最初の衝撃が抵抗で、その後の寒気は俺の体がユーリアの魔力を自分のものとして取り込もうとした反応らしい。

「魔力抵抗レベル2、くらいはあります」

「でも俺にスキルはないんだよね？」

「スキルがなくても、魔術が使えないという、わけではない、です」

話をまとめると、スキルがあるから魔術が使えるというわけではなく、誰でも魔術は使えるが、スキルによってそれを補助しているということだそうだ。その他のスキルについても同様で、たとえ魔力抵抗スキルを持っていなくても魔力に対して抵抗はできるし、その程度も個人差がある。俺はまだスキルを持っていないが、素の状態で魔力抵抗レベル2に相当するくらいの抵抗力を持っているということだ。

言われてみれば、戦士スキルがなければ剣を振れないということはないだろう。調理スキルがあるかどうかはわからないが、それがなくてもそりゃ料理はできるだろう。俺は共通語スキルを持っていないが、この世界の共通語は日本語なので余裕で喋れるし、筆記もできる。

「そういえばユーリアは共通語スキルは持ってないの？」

「持って、ません」

「取らないの？」

「スキルは、選べません、から」

スキルはレベルが上がるときに手に入るが、どんなスキルが手に入るのかはわからないのだという。だが自分がすでに経験していることでなければスキルを習得できないことはわかっている。

「共通語、喋っていれば、そのうち、覚えます、から」

スキルを習得できればよし、できなくとも自力で共通語を覚えることはできる、というわけだ。

「とりあえず今ので、魔術士スキルの習得条件は満たしたということだね」

「はい。でも、ワンは才能があると、思います。魔力感知はできているようですし、簡単な魔術の練習をしてもいいかもしれません。覚えたい系統は、ありますか？」

「系統か」

系統というのは火、土、風、水、光、闇などの魔術の属性のことだそうだ。清々《すがすが》しいまでにゲームっぽい。そして複数の系統を扱うこともできるが、そうするとスキルの伸びが悪くなる。この世界では何かの系統に特化するのが当たり前のようだった。

「ユーリアは、どうして水系統を？」

「適性が、あったので、それと便利だから、です」

「便利？」

「道中、飲み水に困りません。治癒魔術は水系統のものが多いです。それから綺麗《きれい》に殺せます」

「ああ、なるほど。確かに便利……えっ？」

なんか最後に聞き捨てならない言葉が交じっていたような？

いや、まさかこんな美少女が、献立について説明するように淡々と、まさか。

「水を使って、窒息させます。毛皮を傷つけないので、高く売れます。ただお肉は血の味がつくので……」

言ってるー！

しかもかなりエグい。水系統に対する先入観が吹き飛んでしまった。

ゲームだと属性ごとに同じ程度の威力の攻撃魔法が用意されていて、敵の弱点に合わせて使いわけるというのが一般的だろう。イメージとしては水の塊をぶつける感じだ。そんなんで本当にダメージがあるのか？　とも思うが、水圧の強さを侮ってはいけない。たとえばバケツ一杯の水が塊として飛んできて直撃したら、人に殴られたくらいの衝撃はあるだろう。一方で簡単に致命傷になりそうな火の攻撃魔法も同じくらいの威力だが、まあ、その辺はゲームなんでしかたがないと言えるだろう。

しかしそれらの魔法が現実となったとき、まさかどちらかというと弱いイメージのある水系統がこれほど凶悪なものに化けるとは。

「水系統ってかなり強いんだ」

「冒険者にとっては。……つまり、小規模です。より大規模な、つまり戦争なんかでは火や土系統が好まれます」

水系統は窒息によって綺麗に敵を殺すことができるが、一体ずつだ。しかし火系統の魔術なら炎によってより広範囲に影響を及ぼせる。また土系統は陣地構築に役立つ。なるほど、系統ごとに求められる役割が違うのだ。そうなると安易に系統を決めてしまうことはできない。

「急いで決めなくて、いいです。魔術士スキルを覚えないと、系統スキルは覚えられません」

「結局、レベルが上がらないとどうしようもないわけか」

「はい。不思議です。洗礼で、レベルが上がると思っていました」

アレリア先生も契約でレベルが上がると思っていたようだ。

とにかくレベルが上がりやすいらしいこの世界で、未《ま》だ俺のレベルは上がっていないらしい。

「経験値とかって見えないのかな？」

「経験値、ですか？」

「つまりあとどれくらいでレベルが上がるのかわからないのかなって」

「いえ、そういう目安はない、です、ね」

経験値制ではないのか、単にステータスとやらに表示されないだけか。どちらにせよ、俺のレベルが上がらないという状況の改善にはならないようだ。

「睡眠を取ったらレベルが上がるとかないかな？」

馬もいるし、馬小屋扱い的なアレで。

「聞いたこと、ない、です」

ダメか。いや、俺の場合は当てはまるかもしれない。まあ、でもそれは明日の朝になればわかることだ。今、焦って寝させてくれとか言ってもしかたない。今は今のうちにできることをしよう。

「それじゃ魔力操作ってどうやるのかな？　系統とは関係ないスキルっぽいけど」

「そうですね。魔力操作は、系統とは違う枝のスキル、です。使い道が洗礼だけ、なので、あまりオススメできません、けど」

「そうなんだ。なんかすごい便利そうなスキルだと思ったけど」

「魔力操作スキルが5あれば、洗礼士を名乗れます。アルゼキア王国では、国から保護されます」

「うーん、でもアルゼキア王国かあ」

ユーリアを差別している国だからあんまりお世話になりたくないんだよなあ。

「先生はアルゼキア王国の、偉いかたです、から、ワンはアルゼキア王国に行きますから」

「そういえばそうだった」

考えてみればアレリア先生にお世話になる以上、アルゼキア王国に到着すればユーリアとはお別れなのだ。

なんてこった。

なんで俺はアレリア先生と契約してしまったんだ。

先にユーリアがフードを取ってくれていれば、少なくとも判断を保留しただろうに！

俺は頭を抱えて自分の判断を後悔することになるのだった。

第五話　戦士エリック

天球はその光を失い、空の半分を闇で覆っている。

夜の帳《とばり》とはよく言ったものだが、天球はまさしく帳だった。まるで空を覆い尽くす星々が切り取られたようだ。明るいうちはいまにも落ちてくるような圧迫感があったが、こうして闇が空を覆っているのを見ると、今は逆に吸い込まれていきそうな錯覚を覚える。

パチパチと音を立てて爆《は》ぜていた薪《たきぎ》が、その形を失ってガラッと崩れた。

俺は新しい薪をくべようと、竈《かまど》の周りを見回したが予備の薪は用意されていなかった。

「ああ、気にすんな。そのままでいい」

エリックさんが片手を振って、そう言った。

彼はイケメン中年のパーティで長剣と盾を持っていた人だ。さて、どうしてエリックさんとふたりでこうして焚き火《たび》を囲んでいるのかというと、いわゆる夜の見張り番である。交代制の夜番のその最初の順番に選ばれたのが俺とこのエリックさんだったというわけだ。

ユーリアと一緒が良かったのにと思ったが、君らをセットにしたら見張りにならんとアレリア先生に一蹴された。そんなに顔に出てただろうか。

「で、どこまで話したかな？」

「ミルナなんとか国で牛頭《ごず》の魔族が現れたところですよ」

「ミルナリンドだな」

エリックさんは見た目はごついおっさんなのだが、話してみると意外と面白い人で、今は彼の話を聞いている。

彼はアルゼキア王国よりかなり東のほうの国の出身で、若いころから戦闘系スキルの伸びが良かったらしい。しかしそれで増長し、喧嘩《けんか》ばかりしていたが、ある日冒険者に喧嘩を売ってしまった。自分よりレベルが高いとはいえ、戦士レベルでは上回っていたし勝てると思ったそうだ。しかし結果は惨敗。彼はその結果に納得が行かず、その相手に何度も挑戦したのだが、そのたびに苦汁を飲まされたそうだ。

相手もよく付き合ったなと思うが、そういうことを繰り返しているうちに、戦いかたを教えてもらうようになり、気がつくとその冒険者のパーティの一員みたいになってしまったのだという。

もともと乱暴者として実家では鼻つまみ者の扱いを受けていたので、これ幸いとそのパーティが別の町へ向かわなければならない依頼を受けたときに、一緒に出発したのだそうだ。

その後も戦闘系スキルは順調に伸びて、その仲間とはうまくやっていった。

しかしミルナリンドという国で魔族との戦争に巻き込まれ、冒険者として強制徴用されてしまった。

魔族軍に奪われた農村を奪い返すためにミルナリンド軍と冒険者たちの合同軍は千人近い規模で

出撃。魔族の数は百から二百という報告だったから、楽な戦いになるはずだった。しかしそのことが油断につながったのだろう。農村に辿《たど》り着《つ》く前に合同軍は魔族の夜襲を受ける。混乱する野営地で仲間ともはぐれたところで、エリックさんの前に現れたのが牛頭の魔族だった。

「奴《やつ》のステータスを見た瞬間に絶望したぜ。なんせレベルが98だ。正直、背を向けて一目散に逃げるべきだったんだろうな。だが足が竦《すく》んで動けなかった」

「エリックさんでも、ですか」

「俺でも、ってほどでもないな。なんせ奴が剣を一振りするたびに人間が宙に舞うんだ。怒号、悲鳴、咆哮《ほうこう》、全部混じりあって何が何だかわからない。自分が震えてるのか、大地が震えてるのか、だが不思議なことに盾だけは手放してなかった。奴が来る。俺は動けない。剣が振りかぶられた。血の色に染まったその鉄の塊が俺に向かって振り払われた。足が動かない。回避できない。受けるしかない。脳裏に浮かんだのは、他の奴らが一撃で宙を舞う姿だった。横から来るその斬撃を俺は上に向かって受け流した」

エリックさんは一拍置いて首を横に振った。

「いや、受け流そうとしたというべきだな。衝撃が来て、気がつくと天幕の残骸の中でぶっ倒れてた。俺は立ち上がった。そのまま寝てりゃいいのにな。その辺に落ちてた槍《やり》を引《ひ》っ摑《つか》んで、奴の背中に向けて突っ込んでいった。槍は奴のケツにぶっ刺さった。奴は苦悶《くもん》の声をあげて振り返った。俺は槍を離せば良かったんだが、奴のケツにぶっ刺さったままの槍に振り回されてコケた」

コロンってな。と、エリックさんがコミカルに表現するが、状況を考えればそれどころではない。

「奴は咆哮をあげて剣を振り上げた。今度こそ死んだと思ったね。だがそうはならなかった。奴に目掛けて無数の矢と魔術が降り注いだ。もちろん俺にも流れ矢が来たよ。肩と足に何本か刺さった。だが俺の怪我《けが》なんて大したことじゃない。奴の体力は半分以上削れてた。奴は膝をつくかと思ったが、咆哮をあげて走りだした。脇目もふらずに一目散に逃げたんだ。追撃は無理だった」

なんせ腰が抜けてたからな。と、エリックさんが苦笑する。

「俺は放心したまま、なにがなんだかわからずに地面にへたり込んでいた。そこに兎人《とじん》の魔術士がやってきて、俺に治癒魔術を施した。その後ろからエラく思いつめた表情の男がやってきて俺に詫《わ》びと礼を言った」

それがフィリップさんだったらしい。兎人《とじん》の魔術士はルシアさんという名前だったそうだ。

「反撃のタイミングを窺《うかが》っていたんだが、俺の一撃で隙を突けた。だが俺を見殺しにしても構わないという判断でもあった。そういうことらしい。俺は正直、助かったことだけでもありがたかったから、気にすんなって言った」

漏らしてないかのほうが心配だったんだ、とエリックさんはおどける。

「で、その後、ミルナリンドの本隊のほうが壊滅的な打撃を受けたことが伝わってきた。こっちに来た牛頭の野郎は囮《おとり》だったわけだ。魔族は冒険者たちを足止めして、その間に総力で本隊を叩《たた》き、反撃される前に引き上げたんだと。両軍合わせて二百人近い死者と、同じくらいの数の負傷者が出た。夜が明ける前に撤退の判断が出て、天球が輝き出すと合同軍は撤退を開始した。その再編成の間に俺は仲間が全滅したことを知った」

「それは――」

「だけど悲しいというよりは悔しかったな。せめて仇《かたき》を討ってやりたかった。その後、フィルに誘われて彼らの仲間になった。盾役を探していたと臆面もなく言われてな。俺はフィルのそういうところが気に入った。ルシアは嫌そうだったな。俺のことが邪魔だったんだろう」

「ルシアさんというのは、もしかして」

俺の質問にエリックさんはニヤリと笑みを浮かべる。

まさにこの瞬間を待っていたという顔だ。ミルナリンドの話自体が俺をここで食いつかせるためだったのかもしれない。

「お前の想像してるとおりだと思うぜ。ユーリアの母親だ」

俺は思わず身を乗り出した。

「じゃあフィリップさんが」

どこから見ても親子には見えない。だが考えてみればユーリアは空いている時間にはイケメン中年の側《そば》にいることが多かったような気がする。年齢的には親子でもどこもおかしくはない。

だがエリックさんは肩をすくめた。

「フィルは違うって言ってるけどな。俺も真相はわからん。聞きたいか？」

「そりゃ、もう」

「じゃあミルナリンドの話はもういいか。結局、領地は取り戻せなかった負け戦だ。その後も俺たちは転々として、仲間が増えたり減ったりしてるうちにルシアが妊娠した」

「えっ⁉」

「彼女は相手はフィルだと主張したが、フィルは否定した。ルシアがフィルにお熱なのはみんな知っていたが、実際そういう関係だったかは誰も知らなかった。少なくとも俺にはルシアの片思いに見えたな。だけどフィルだって男だから、なにがあったかはわからん」

　エリックさんは苦笑いを浮かべる。

　案外、彼にも思い当たるフシがあるのかもしれない。

「結構な修羅場があって、ルシアがイカれたみたいになっちまって、フィルを刺して姿を消した。幸いフィルの怪我は浅くて、ルシアから逃げようということになった。逃げたのはルシアのほうなのにな。でもそのときの俺たちは本当にルシアが怖かったんだ。水系統の魔術士を敵に回すのは本当に怖いからな。フィルの治療もそこそこに俺たちは荷物をまとめてその国から逃げ出した。その後ルシアがどうなったかはわからん。だが最近になってひょっこりルシアによく似た娘がフィルの下に現れて言ったんだ。あなたの娘ですってな。それがユーリアだ」

「うわぁ……」

　あまりの生々しさに言葉が見つからない。

　妊娠騒動に刃傷《にんじょう》沙汰とか、まるで昼メロの世界だ。てっきりイケメン中年とユーリアの母親の恋愛話でも聞かされると思っていたので、完全に不意打ちだった。

「ルシアさんはどうなったんですか？」

「ユーリアの話では流行病《はやりやまい》で死んだらしい。それで母親から聞いていた父親を探して旅をしていたそうだ。結構な貯《たくわ》えを残してくれていたらしくて、金には困らなかったたって話だな。で、フィルは父親じゃないって否定したんだが、ユーリアが信じなくてな。放り出すにも忍びないし、優秀な魔術士だし、って居ついてる。フィルとしてはお前とユーリアがくっついてくれたらって思ってるんじゃねーかな。俺としてはユーリアが来てから飯がうまくなったからこのままがいいけどな」

「刺されませんかね、俺」

「そりゃお前次第だろ。ワン」

なんか知らないうちに思いっきり地雷を踏み抜いていた気がする。

だけどユーリア可愛《かわい》いんだよな。正直、こんな地雷なら踏んでも構わないって思えるくらいには。

「ルシアさんはユーリアに似てましたか？」

「面影はあるな。ユーリアがもう少し成長したらそっくりになるかもしれん」

「そんな美人に言い寄られてたんならフィルさんもクラっと来ても不思議じゃないですよね」

「まあ、だがフィルはモテたからなあ。女に困ってなかったろうし、仲間に手を出したら面倒なことになると思ってたんじゃねーかな」

「じゃあエリックさんはフィルさんの言い分を信じてるんですね」

「それはわかんねーよ。だがルシアの狂いっぷりをこの目で見たからな。あー、だが、なんとも言えねえ」

エリックさんは頭をガリガリと掻《か》いて唸《うな》る。

本当にわからないのだろう。

これがユーリアにフィリップさんの特徴が現れていたら話は楽なのだが、そういうところはまったく見えない。

「フィリップさんにとってユーリアは邪魔なんですかね？」

「うーん、邪魔ではないだろうが、内心は穏やかじゃねーだろうな。ユーリアがいて飯がうまくなって、稼ぎも増えた。いいことだらけだが、ユーリアはフィルを父親として見てるからな。あいつは損得勘定ができすぎるから、ユーリアを手元に置いておいたほうが得だとは思ってるんだろう。だがお父さんなんて呼ばせないし、ユーリアが言葉に詰まりながら自分の名前を呼ぶのをどう思ってるかはわからん」

「そういえばユーリアはなんで共通語が苦手なんでしょう？」

「兎人は自分ところの言葉を優先するからな。娘にもそっちを教えたんだろう」

「なんか複雑ですね」

「まあな。俺は考えるのが苦手だから、飯がうまくなったからそれでいい」

「単純ですね」

言ってからしまったと思ったが、エリックさんは笑って、単純なほうが楽でいいと言った。

「世の中はどうでもいいことを難しく考える奴が多すぎるんだ。うまい飯食って、綺麗《きれい》な女を抱いて、それ以外に何が必要だ？」

「それはエリックさんが強いからですよ」

腕っ節ひとつで世の中を渡っていけるなら人生は確かに単純だろう。

だが俺にあるのはひょろい体と、この世界では役に立ちそうにない知識ばかりだ。となればこれからどうするのかを考えなければならない。もちろん体を鍛えて強くなって単純に生きるという選択肢もあるだろうが、それもレベルが上がって、強くなる才能が俺にあれば、の話だ。

「で、ユーリアは落とせそうなのか？」

唐突にエリックさんは聞いてきた。

いや、女を抱くという話があったからそれほど唐突でもないのか。

「エリックさんから見てユーリアはどうなんです？」

「ちっこい兎《うさ》ッころだな。胸だけは育ってるが、まだまだガキだよ。話にならん」

「ルシアさんはどうだったんです？」

「そりゃまあ、土下座してもいいくらいにはいい女だったな。だが、土下座した上で溺死させられちゃかなわんからなあ」

「ユーリアを口説かせる気なのか、諦めさせる気なのか、どっちなんですか」

「俺から見たら面白ければなんでもいいんだよ。お前が溺死しても笑って埋めるくらいはしてやる。ただ護衛の仕事が終わってからにはしてくれよ。特別報酬がなくなるからな」

「お酒飲んでません？」

「こいつは残念ながらユーリア製の真水だよ。水魔術士がいるときは仕事中に酒は飲まないことにしてるんだ。いないときは、水が腐るんで葡萄酒《ぶどうしゅ》を持っていったりするけどな。ああ、早くアルゼキアに帰って一杯やりてーな」

「そういえば俺でもお酒飲んでいいんですかね？」

「はあ？　ダメなこたねーだろ。奢《おご》ってやるから付き合えよ」

「そのお金、俺を護衛した分の追加報酬ですよね」

「そりゃそーなるな」

　ふたりして肩を揺らして笑う。

「それで、だ。レベル１。魔術士になるのか？」

「どうなんでしょう？　なれるならチャンスは逃したくないですね」

「そりゃそうだ。俺はそっち系はからきしでな。魔術が使える奴が羨ましいよ」

「魔術士スキルがないんですか？」

「ああ、親は頑張って何度も洗礼を受けさせたらしいんだが、うまくいかなかった。弟はうまくいったもんだから、親の関心は全部そっちにいっちまってな。俺は喧嘩ばかりしてたら戦士スキルばっかり伸びていったってわけだ。まあ、魔術士スキルがない分、戦士スキルがよく伸びたからな。おかげで生き延びてる」

「戦士スキルってどんなのがあるんですか？」

「お、興味があるか？」

　エリックさんがずいっと乗り出してくる。

「はい。どんなものがあるのか教えてください」

「いいぜ。戦士スキルってのは要は武器を扱うためのスキルだ。ありとあらゆる武器スキルは戦士スキルを根にしてる」

「根、というのは？」

「そうだな、こんな感じだ」

そう言ってエリックさんは木の枝を使って地面に〝せんし〟と書いてそれを丸で囲った。

「これが戦士スキルだ。ここから武器スキルがまるで枝のように派生する」

戦士スキルの丸から何本も線を伸ばす。

「たとえば長剣スキルから、斬撃、刺突なんかの技スキルに派生する」

線の先に書いた丸からまた何本かの線が伸びる。

「こんなふうに枝みたいに分かれていくから、スキルの枝って言われてる。逆に分かれる手前を根と言うんだ」

完全にスキルツリーってやつだな、これ。

ますますこの世界がゲームなのか、ゲームに似た異世界なのかわからなくなる。

「戦士スキルを取らないと武器スキルを取れない。武器スキルを取らないと技スキルを取れないって感じですか？」

「そうだ。ついでに言えば枝のスキルは根のスキルのレベルを追い越せない。戦士レベルが上がらなきゃ武器レベルも上がらないわけだ。だから職業スキルのレベルを見ればそいつの強さはだいたいわかる。だがあくまでだいたいだ。たとえば戦士レベル6の長剣スキル1の刺突スキル1の奴と、戦士レベル3の長剣スキル3の刺突スキル3の奴とで、どっちの刺突が鋭いかと言われたら、えっと、まあ、だいたい合計して考えればいい。これもだいたいだけどな」

「スキルは目安ってことですね」

「まあな。スキルの数値ばっかり見てたら足元を掬《すく》われる。昔の俺がいい例だ。だがスキルがついてる奴が、ある程度より弱いなんてことはありえねーからな。自分より強い奴ってのははっきりわかる」

「でもエリックさんはそれでも立ち向かったんですよね。牛頭の魔族に」

「そんな格好いいもんでもねーけどな。あのときはとにかくがむしゃらだった。もうあんなことはしたくねーよ。次は逃げるね。一目散だ」

真顔でそんなことを言っているが、この人は今でも盾を持って戦っている。ということは、このパーティではやっぱり盾役として、敵の正面に立ちふさがっているのだろう。

きっと新たな強敵が現れても、最後まで一歩も引かないに違いない。

「ああと、スキルの話だったな」

その後もエリックさんから戦士のことについていろいろと教わった。

武器スキルと技スキルがいわゆる攻撃スキルで、防御スキルはいろんな枝に分かれている。盾は戦士スキルの枝として派生する一方、回避は戦士スキルではなく体術スキルの枝として派生する。一個の枝としてありそうな防御スキルというのは存在しなくて、その代わりに防具スキルというグループが存在する。これは重装、軽装などに分類され、それらの防具を扱うためのスキルだ。

つまり戦士の道を選ぶにしても、どの武器を使い、どんな防具を身につけるか、早いうちに決断して特化していくことが重要になるということだ。

エリックさんは、長剣刺突、盾全般、軽装、体術回避を中心にしている。敵の攻撃を一手に引き受ける壁役《タンク》だ。防具スキルが軽装なのは、冒険者として旅をするには重装は重すぎるかららしい。重装備というのは軍隊などで防衛の場合や、あるいは充分な支援を受けられる環境でしか使われないものだそうだ。いわゆる全身鎧《よろい》というものだろう。

「だが魔術士を目指すならこれらは一切合切関係ない」

「そうなんですか？　魔術士でも防具スキルや、回避スキルはあったほうがいいと思いますけど」

「それらを取るまでに必要なスキルが多すぎる。レベルアップのときに取れるスキルはそんなに多くない。学者はスキルポイント仮説というのを主張してるが、話が小難しくてわからん。その辺は先生に聞くんだな。とにかく魔術士を目指す者は魔術以外には関わらないものだ。料理やらしてくれるユーリアのほうが珍しい。魔術士の数が少ない理由のひとつでもあるな。貴族か、召し使いを抱えられるような金持ちにしか無理さ」

「なんか俺には無理そうな気がしてきました」

「実際のところ難しいと思うぜ。レベル１。お前さんはすでにいろんな経験をしているからな。レベルが上がったときに魔術士スキルを得られる確率は低いと見ていい。それでもまあ、できるだけなにもしないように気をつけるこった。帰りに馬に乗ることになるが、それだけで騎乗スキルが手に入るかもしれないんだぜ」

「でもなにもしなくていいんですか？」

「構わねーよ。それも俺らの仕事のうちだ。お客さんのお前はできるだけ余計な経験を積まないようにしてりゃいい。たとえ帰り道で魔物と遭遇しても後ろに下がってじっとしてるんだな。まあ、基本的に遭遇を避けるんだが、万が一ってこともありうるからな」

「わかりました。気をつけます」

それからもしばらくエリックさんといろんな話をしているうちに、見張りの交代の時間がやってきた。続きはイケメン中年と大剣さんが担当するようだ。俺とエリックさんは音を立てないようにそっと天幕に入ると、まだ温《ぬく》もりの残る寝床に身を横たえた。

天幕は小さく、近くで眠るアレリア先生とユーリアの寝息が聞こえてくる。

女性と同じ天幕で眠るのはどうかと思ったが、そのために荷物を増やすわけにもいかないのだろうから、当然だ。それにこれだけ人がいる中で何かできるわけもない。

それに自分でも思っていたよりずっと疲れていたようだ。

俺は目を閉じると、その寝床がイケメン中年か、大剣さんが使っていた寝床であることも気にならず眠りに落ちていった。

第六話　戦士ジェイド

天球が明るくなり、この世界の朝がやってきた。

空の半分を巨大な惑星が覆うこの光景に慣れる日がいつかやってくるのだろうか？　今はとてもそんな気にはなれない。惑星の見た目は昨日とは多少違っているようだ。木星にあるような大斑点が見えている。この大地があの惑星の衛星だとしたら、昨日の夕方見たあたりのちょうど反対側を見ていることになるのだろうから、見た目が違うのは当然だろう。

そして目が覚めたら記憶も戻り、元の世界、という希望も叶《かな》わなかった。記憶のない俺からすればそれは本当にはかない希望だったけれど、せめて温かいベッドの上で目覚めたかったとは思った。

残念ながら一夜が明けてもレベルは上がっていなかった。

馬小屋じゃないのがいけなかった、ということはあるまい。どうやら睡眠や時間経過はレベルアップの条件ではないようだ。

慌ただしく朝食を取り、野営地を冒険者たちがかたづけているのを俺は少し離れて眺めていた。エリックさんの助言どおり、魔術士への道が絶たれると確定するまでは極力なにもしないという方針だ。自分としてはなにも手伝わないことに良心の呵責《かしゃく》を感じたが、同じく片付けを免除されているアレリア先生からの質問攻めに答えるのに忙しかった。

そんなことをしている間に出立の準備はできたようだ。

四頭の馬はそれぞれイケメン中年、大剣さん、長槍《やり》さん、エリックさんが乗馬し、エリックさんの馬には荷物が多めに積まれている。アレリア先生は大剣さんの後ろに、ユーリアはイケメン中年の後ろに乗るようだ。ということは消去法で俺は長槍さんの後ろということになるのだろう。

どうせなら昨日話して打ち解けたエリックさんの後ろが良かったが、わがままを言えるようなものでもない。だけど長槍さんは無口でちょっと苦手な感じではある。いっそ会話を諦めてしまうのも手ではあるのだろうけれど。

とは言え、何も言わないわけにもいかないだろう。ええと、この人の名前はなんだっけか。

「あの、ジェイドさん、よろしくお願いします」

「…………」

ほらね、返事なしだよ。

言っては悪いが、この冒険者たちの中で格段にとっつきにくい人だ。いっそはっきり嫌っていると意思表示してくれればわかりやすいのだが、この人の場合は何を考えてるかわからないんだよな。レベルの低い人には興味がないという話だったが、それが本当ならレベル1の俺なんかカメムシ以下の存在に違いない。カメムシのレベルっていくつなんだろう？　鑑定ができるようになったら調べてみよう。

「……乗れ」

ぼやぼやしていたら急《せ》かされてしまった。

しかしどうやって乗るんだ。

この馬たちは競馬なんかで見るようなサラブレッドではなく、ポニーのような背の低い馬だったが、それでも乗馬経験なんてない――であろう俺に乗りかたなんてわかるはずもない。

するとジェイドさんがため息をひとつついて、手を差し伸べてくれた。その手を取るが、それからどうしていいかわからない。

「あぶみに足をかけろ」

あぶみってのは、馬に乗るときに足をかけるやつのことだろう。そこに足をかけると、ジェイドさんがぐいと手を引いて俺の体を馬の上に引き上げてくれた。

「う、わ……」

ジェイドさんにしがみつくようになりながら、なんとか馬の背にまたがる。

「摑《つか》まってろ」

言われるままジェイドさんにしがみつく。両手を回そうとしても体が大きいうえに鎧《よろい》のせいで、とてもじゃないが手がとどかないので、どちらかというと鎧にしがみつくようになってしまった。

「よし、準備できたな。先生、アルゼキアへ帰還します。いいですね」

「よろしく頼む。安全第一だ」

「了解しました。それではみんな出発だ」

こうして一行は遺跡群から出発した。

馬の旅ははっきり言うと最悪だった。馬を走らせることはしないのだが、それでも一歩ごとに尻が揺れる感触にはとても慣れそうにない。騎乗スキルなるものがあるなら、今すぐ習得したいほどだ。不安定に揺れるせいでジェイドさんにしがみつく手も力が入ってガチガチになっている。これならいっそ歩きたいが、馬を歩かせているとは言え、徒歩でついていけるような速さでもペースでもない。俺は景色を見る余裕も、ジェイドさんに何か話しかける余裕もなく、ただただしがみついているしかなかった。

昼飯はスープなしの堅パンだけだった。

震える手でそれをむしって咀嚼《そしゃく》していると、ユーリアが隣にやってくる。

「だいじょうぶ？」

「なんとか、ね。ユーリアは平気なの？」

本当はもう限界近かったが、それを女の子の前では出さないのが男の子ってもんだ。

皆のように何かに腰掛けてないのも、尻が痛くてたまらないからだが、バレバレでも口にはしない。

「慣れてる……から」

慣れとは恐ろしいものだ。俺もこの馬旅に慣れる日が来るのだろうか？

「治癒魔術使って、いいですか？」

「あ、えーと、お願いします」

男の子の意地なんてこんなもんだった。

ユーリアが杖《つえ》の先を俺の体に当てると、そこからすぅと温かいものが流れ込んでくるような感じがあって、あっという間に手と尻の痛みが引いていった。それに疲れていたはずの体もなんだか軽くなる。これが治癒魔術か。すごい。

「体力、減ってた、から……。もう、だいじょうぶ、です」

「そうか、ステータスで体力とか見えるんだ」

俺の意地っ張りなんて文字どおり見え見えだったわけですね。恥ずかしい。

「俺の体力ってどれくらいなの？」

「今が78、です」

「それって多いの、少ないの？」

「……？」

返事はきょとんと首を傾《かし》げる仕草だった。可愛《かわい》い。

「……体力はみんな80、くらいにするのが鉄則、だから」

「みんな？　じゃあユーリアの今の体力っていくつなの？」

「わたしは、83、です」

「アレリア先生は？」

「先生は74、です」

「エリックさんは？」

「エリックさんは88、です」

「ジェイドさんは？」

「ジェイドさんは72、です」

「みんな同じくらいなのか」

「そうなるようにするのが、大事、です」

何か会話に齟齬《そご》のようなものを感じる。

体力ってのはいわゆるヒットポイントとは違うのだろうか？

「回復前の俺の体力はどれくらいだったの？」

「53でした」

「それって最大値はいくつなの？」

「最大は100です」

「みんな？」

「みんな、です」

ヒットポイントというよりは、最大値100固定のスタミナみたいなものなのだろうか？

「ちなみにゼロになると死ぬ？」

「死んだらゼロになります」

なにか微妙に食い違いがあるような。

「ワンくんはユーリア嬢にべったりだな。わからないことがあれば聞く相手が違うだろう」

「アレリア先生、いや、別にユーリアを優先してるわけじゃなくて、あ、いや、ユーリア優先にしたいですけど」

ユーリアがぷぅと頬を膨らませたので慌てて言い加える。なにこの可愛い生き物。

「君はもう尻に敷かれてるな。まあいい、ステータスの項目のひとつ、体力についてだったな。これは文字どおりその個人の体力を割合で表示しているものだ。パーセント表示と言ってわかる……みたいだな。ゆえに数値そのものは個人差が大きい。たとえば同じ距離を全力疾走したとしても減る体力は人によって違う。だから一概にまとめて扱うのは難しいんだが、指標としては扱いやすい。たとえばこういう旅の道中では全員の体力が80を割らないように行動する、というようにな。ただし今回は70に設定しているし、君の体力は考慮の外だ。減りやすいのはわかっていたからな。飯を食って少し休めばジェイドくんだって80半ばまでは回復するだろう。それから妙なことを聞いていたな。ゼロになったら死ぬのか、だったか？」

「ええ、はい。俺のイメージする体力という数値はゼロになったら死ぬというものだったので」

「ふむ、言葉のニュアンスに多少の違いはあるのかもしれないが、あえてそれをないものとして答えよう。体力はゼロになったら死ぬのではなく、死んだらゼロになるというのが正解だ。1でも残っていれば、それはまだ息があることを示している。もっともそれはほとんど死んでいるのと変わらないがな。重傷を負い死ぬ寸前、あるいは病に倒れて死ぬ寸前、というのでもなければ体力が10以下になるということはそうそうない」

「それはつまり逆に言えば体力がどんなにあっても、一撃で死ぬこともある、と」

「それは当たり前だろう。頭が陥没するような一撃を食らったとして、そのとき体力が90くらいあったからと言ってなんになる？」

「それは確かにそうですね」

今度はゲーム感覚を忘れなければいけないみたいだ。どちらかと言えば現実として状況に対処しようと思っていたが、体力なんてゲーム的用語が出てきたからついヒットポイントを連想してしまった。この世界では致命的な一撃《クリティカルヒット》は文字どおりに一撃で死んでしまう。それはどんなにレベルが上がっていようと同じこと。レベルが上がったからと言って死ににくくなるわけではない。

少しだけ安心する。逆に言えばレベル１の俺が極端に死にやすいわけでもないということだ。

「体力はその人の状態を示す目安のひとつにすぎないってことですね」

「そうだ。しかし有用な目安でもある。実際、ユーリア嬢は君の体力が減っていることを心配して治癒魔術をかけてくれただろう？」

「ええ、助かりました」

「そしてこういう休憩の目安にもなる。ほら、ジェイドくんの体力が80を超えたから出発だ。次の休憩は野営地を決めるころになるだろうな」

「うぇえ、俺の体力保《も》ちますかね」

「その辺はジェイドくんに考えがあるようだ。君は彼に感謝するべきだぞ。さあ、出発だ」

何をジェイドさんに感謝するべきなのだろうと思っていたら、馬の前でジェイドさんがロープを結び合わせた何かを俺に渡してきた。

「馬に乗ったら背中に回して、先を俺に渡せ」

言われるままに馬に乗ったあとに、受け取ったそれを背中に回して両端をジェイドさんに預けると彼はそれを自分の腰の前で結び合わせた。俺の体は引っ張られるように彼の背中に密着する。

「摑まってろ」

そう言ってジェイドさんが馬を進める。するとジェイドさんの背中に摑まっている手の負担が格段に楽になった。要は子どもを背負うための紐《ひも》のようなものだ。マシな言いかたをするとシートベルトと言っていいかもしれない。とにかくこれで手が震えるほど力を込めなくて済みそうだ。

「もしかして休憩中にこれを作ってくれていたんですか?」

「…………」

ジェイドさんからの返事はない。だがそう考えて間違いないだろう。彼は俺を除いた中で一番体力が減っていたにもかかわらず、俺のことを気遣ってこんなものを作ってくれていたのだ。

レベルの低い相手に興味がない?

俺はその評価を改めなければならないと感じた。

彼が言葉少なく、接しづらい相手なのに変わりはない。だが彼は他人《ひと》を気遣うことのないような人ではない。

「ありがとうございます。これ、とても楽です」

「……そうか」

ジェイドさんの返答は相変わらずだ。

だが俺は彼への苦手意識が失われていることに気づいた。

俺は本当に幸運だった。

俺が巡り会えたのは最高の冒険者たちだったのだ。

第七話　王都アルゼキア

それからの十日間を楽な旅だったと言うことはできない。

魔物の群れと遭遇しかかって遠回りをしたことは一度や二度では済まない。しかしそのたびにフィリップさんの適切な指示によって俺たちは魔物との戦闘を回避し続けた。森を越え、山を越え、川を渡り、もう限界だと思うことは何度もあったが、そのたびにユーリアに治癒魔術をかけてもらったり、仲間に助けてもらったりしながら俺は苦難を乗り越えた。

そう、もう彼らは仲間だ。

もしアレリア先生との契約がなくて、彼らが一緒に来ていいと言ったなら、俺は付いていってもいいと思っているほどだ。彼らにとっては迷惑千万に違いないだろうけれど。

でも、もし冒険者稼業をやることになったら、ぜひとも彼らと一緒に冒険がしたいと心からそう思っている。

しかしそんな旅にも終わりがやってきた。

魔界はとうに抜け、俺たちは人類の領域に戻ってきていた。先日は村で宿を借りることすらできたほどだ。

そして街道沿いに馬を進め、ある丘を越えるとそれが見えた。

城塞に覆われた巨大な町。いや、都市と言うべきだろう。

これまでに抜けた村とは明らかに規模の違う城塞都市がそこにあった。

「あれがアルゼキア王国の首都アルゼキアだ。どうだ、なかなかのものだろう」

誇らしげにアレリア先生が言う。

言われるまでもなく、それはなかなかなんてものじゃなく、言葉では言い表せないような光景だった。

空に浮かぶ天球に、大きく広がる平野。川に沿って耕作された農地が広がり、放牧されている羊も見える。その先に城塞に覆われた都市があった。城塞の高さはわからないが、この距離から見ても相当な高さであることがわかる。丘の上から見下ろしている関係で中の建物を窺《うかが》えるが、近くに行けば城塞を見上げることしかできないだろう。その中には色とりどりの建物が所狭しと乱立している。さらにその一角には城塞を超える高さを持つ城が見えた。言うまでもなく西洋様式の城だ。

それはまるで一枚の絵画を見ているような景色だった。

俺は尻の痛みも忘れて、身を乗り出してその景色を目に焼き付けた。

「すごい……」

それしか言葉は出てこない。

美しいというには城塞都市はあまりにも雑然として見える。だがこの遠景は間違いなくすばらしい。俺は年甲斐《としがい》もなくはしゃいだ気持ちになった。

「行きましょう！」

「そう焦ることはない。まだ七時間はかかる道のりだ」

アレリア先生がたしなめるように言ったが、その声も少し浮かれているようだった。他の面々もあからさまにほっとした顔をしている。

この世界の時間の感覚にも慣れてきた。今から七時間というからには日が沈む前には到着できるということだ。多少疲れは溜《た》まっていたが、休憩なしでも辿《たど》り着《つ》けるだろう。

そしてそれはそのとおりになった。

天球の輝きが衰えだすころには俺たちは馬屋に馬を預け、アルゼキアの城塞の門の前に立っていた。

ここまで来ると予想したとおり城塞しか見えない。高さは二十メートルほどもあるのではないだろうか。クレーン車など存在するわけもないこの世界で、これほどの城塞を築き上げるのにはどれほどの労力が必要だったのだろうか。

門の側《そば》には槍《やり》を手にした衛兵が立っていて、出入りしている人々の検分をしている。しかし列ができているほどではない。ほとんどの場合は顔パスだった。

俺たちが近づくと、衛兵たちはアレリア先生に敬礼をして、冒険者たちには笑みを見せた。どうやら顔なじみであるようだ。しかし俺のことに気づくと途端に訝《いぶか》しげな顔になった。

こんな視線を向けられるのにも慣れてきた。行く先々の村でも俺のことを見た村人から散々同じような視線を向けられてきたからだ。

「アートマン先生、そのワンという青年は？」

「道中で拾った不幸な青年だ。レベルが上がらない奇病に冒されていてな。しばらく私が預かることになった。仮の身分証を発行してやってくれ」

あらかじめアレリア先生の発案で、そういうことになっていた。俺の素性を説明するのが面倒だからだ。服装も前に立ち寄った村で古着を買い受けて、この世界相応なものに変わっている。

「聞いたこともない難儀な病気ですね。おい、お前、気を落とすなよ。アートマン先生ならきっとなんとかしてくださるさ。天球の導きがあらんことを」

そう言って衛兵は俺に木板を渡してくれた。どうやらこれが仮の身分証ということになるようだ。というか、仮身分証って漢字と平仮名で書いてあった。下に署名する欄があって、俺は渡された黒炭の棒を使って、カタカナでワンと書き入れた。

門での見分はそれで終わり、荷物を検められることもなかった。この辺はアレリア先生の顔ということなのだろう。

そして俺たちはアルゼキアに足を踏み入れた。

まず最初に驚いたのは石畳が敷き詰められていたことだ。

ここまで街道を通ってきたが、土を撒《ま》いて踏み固められただけの道で、あちこちがでこぼこになっていた。一里塚のような目印がなければ獣道かと思うような場所もあった。しかし城塞の内側は多少でこぼこしているとは言え、きっちり石畳で舗装されている。

それから水路だ。

都市のそばを流れる川から引いてきているのであろう水路が街中に張り巡らされている。水は決して綺麗《きれい》とは言いがたかったが、水道なんて存在しないだろうこの世界で、街中にこれだけの水路があることの利点は山のようにあるだろう。

建築物は想像していたよりよほどしっかりしていた。

これまで立ち寄った村の家などが木造の平屋がほとんどだったから、てっきり高い建築物などはないのかと思っていたが、城塞の内部は三階建てや四階建ての建物も珍しくないように見える。それに外壁には色とりどりのモルタルが使われていて、丘から見下ろしたようにカラフルだった。

なるほど、これはアレリア先生が自慢したくもなるわけだ。

外から見た景色もすばらしかったが、中に入ってみてもまるで中世ヨーロッパの街を訪れたかのような感慨にとらわれる。

「ほら、なにをぼけーっとしている。冒険者ギルドにいくぞ。ワンくん」

冒険者ギルドは街の門からすぐ側の建物だった。

入り口から入ると中は大きく吹き抜けの構造になっていて、コの字形のカウンターがある。よくある物語のように冒険者たちがたむろしているということはなく、むしろ職員のほうがずっと数が多い。これはなんというか、あれだ。お役所のカウンターみたいな雰囲気だ。カウンターの奥で机に向かっている職員の数が多いのだ。

一方で冒険者はというと壁に貼られた依頼書らしきものを見ているのが数人いるだけで、意外と閑散としている。

フィリップさんたちは向かって左側のカウンターに向かうと、そこの受付嬢に声をかけた。

「護衛の依頼の完了だ。アレリア・アートマン女史を無事連れて帰ってきた」

「お疲れ様です。では契約を満了させますのでこちらの書類にご記入のうえ、しばらくお待ちください」

フィリップさんが渡された紙に何やら書きつけると、受付嬢はそれを受取カウンターの奥のデスクに持っていった。

「一時間は待つことになるぞ」

アレリア先生がそう言って苦笑した。

マジかよ。この世界の一時間とは言っても、元の世界の感覚で数十分だぞ。日本のお役所も真っ青なお役所仕事だな。

なんとなくギルド内が閑散としている理由に思い当たる。長々と待たされる場所でわざわざたむろして寛《くつろ》いだりはしたくないだろう。それとカウンターの奥で仕事をしている職員が見えているせいで、とても寛いでなんていられない。まともな神経をしているなら針の筵《むしろ》だ。

「冒険者ギルドについて聞いてもいいですか？」

「なんだ、冒険者に興味があるのか？　君はあんまりそういうタイプには見えないが」

そう言ってアレリア先生は俺の体を眺めるようにした。先生が言っているのはおそらく体格なんかのことだろう。ユーリアは魔術士だから例外として、フィリップさんも、エリックさんも、ゴードンさんも、ジェイドさんも俺と比べたら遥《はる》かに体格がいい。簡単に例えるなら彼らはアメフト選手のようながっしりした体つきだ。タックルを食らって気絶で済めば御の字と言った按配《あんばい》である。

「興味本位ですよ。俺のいた世界には冒険者ギルドなんてありませんでしたし」

「ふむ、そうだな。冒険者ギルドについて話す前にまず冒険者とはどう言った存在か説明しておいたほうがいいな。簡単に言ってしまえば冒険者というのは何でも屋の傭兵《ようへい》だ。依頼があれば何でもやるし、状況次第ではギルドから強制徴用されることもある」

「エリックさんから魔族との戦争で強制徴用されたときのことは聞きました」

「そうか。まあ戦争なんてめったにないから、主な仕事は魔物退治や、今回のような護衛。賞金稼ぎから、迷子探しに、水路の掃除、屋根の修理なんかも依頼されたりする。その国の法に触れなくて、ギルドが認めたならば文字どおりなんでもありだ。自分たちの能力で解決できることならなんでもやるのが冒険者だな」

「掃除や屋根の修理なんかは専門の人がいるんでは？」

「冒険者のほうが安くつくからな。専門職を雇うということはそれなりに金が必要だ。安い依頼料で冒険者ギルドに依頼を出しておけば、暇な冒険者が小金稼ぎにやってくれる、こともある。そんなわけでいろんな依頼が冒険者に持ち込まれるんだが、その間を取り持つのが冒険者ギルドだ」

うん。イメージとしては創作物で出てくる冒険者ギルドとほぼ一緒と考えていいみたいだ。ただこんなお役所みたいな場所とは思わなかったが。

「ある程度の規模の街なら冒険者ギルドを置いている。便利だし、何より緊急の際に傭兵として使えるからな。常備兵を置くより金がかからない。さてそんな冒険者ギルドの仕事を今回の依頼を例に説明してみよう。まず私は魔物の異常発生について調査するためにその護衛をしてくれる冒険者をギルドに依頼した。そこで依頼料をギルドに先払いし、ギルドと契約を結ぶ。依頼が達成されたら、そのお金はギルドのものになり、そうでなければ返金というふうに」

「え、契約ってギルドと結べるものなんですか？」

「正確にはギルド長とだな。より正確を期すならば、その代理人たる権限を持つ人物と、だ。カウンターにいる受付嬢たちは依頼人や冒険者とギルド長が結ぶ契約についてその代理人としての権限を契約によって与えられている。だから彼女らがギルド長の代理人であることを宣言して行う契約行為はギルド長の下に帰属するわけだ。わかるかい？」

「ええと、契約する行為は受付の方とするけれど、その効力はギルド長と結んだことになる、ということですか？」

「そのとおりだ。代理人としての権限については受付嬢のステータスを見れば一目瞭然なのだが、君の場合はひとまずそういうものだと思っておいてくれ。どういう依頼を受け付けているかはギルド長のステータスを見ればわかるのだが、実際にそうするわけにもいかないのはわかるだろう？だから実際には書類を使って処理をする。私はこういう依頼をして依頼料いくらを払いましたという書類を書いて、ギルドがそれを受け付けるわけだ。そしてギルドは依頼の内容を吟味して掲示板に貼り出すか、あるいは特定の冒険者に依頼を持ち込むか判断する。今回は前者だった。私の護衛依頼はギルド内の掲示板、ほらあそこだ。あそこに貼られ、この依頼を受けたいと思った冒険者がいたら、今度は冒険者が受付嬢に書類を提出して契約を結ぶ。これこれこういう依頼を受けて、達成時にはいくらの報酬を受け取ります、というようにな。そうしたら今回は護衛任務だから彼らが直接私の下に訪ねてくる。私は彼らのステータスを見て、護衛依頼を受けた冒険者だと理解する。そして私たちは魔界に赴き、私の目的であった魔物の異常発生の原因と思《おぼ》しき事態が解消されたと思われたので帰還した。その辺は冒険者ギルドは噛《か》んでないので省くぞ。そして今こうして冒険者は依頼を達成しギルドに戻ってきた。今回の場合は護衛対象である私が一緒なので、達成されていることは明らかだな。だが書類の処理を後回しにはできないから、まず書類を探しまわることになる。そして依頼主に依頼の達成の確認を取る。で、私が確かに依頼が達成されたことを認め、ギルドとの契約を満了させる。かくして私の払った依頼料は無事ギルドの下に収められる。それから冒険者との契約の満了だ。冒険者は報酬を受け取り契約を満了させる。これで一件落着だ。これが依頼主と冒険者から見えるギルドの仕事だな」

「なにか予想していたより遥かに面倒な手続きが必要なのはわかりました」

「もちろんギルドを介さないで直接冒険者と契約を結ぶこともできる。だがその場合、揉《も》め事《ごと》があったときに厄介だからな。そういう中間折衝をやってくれているのが冒険者ギルドというわけだ。では冒険者ギルドの成り立ちについて説明しよう」

結局、アレリア先生が契約満了のために受付嬢から呼ばれるまで講義は続き、俺はたぶん、この世界の一般的な人より冒険者ギルドに詳しくなったのではないかと思う。

フィリップさんたちも契約を満了させ、報酬を受け取ると俺たちは連れ立って冒険者ギルドを後にした。というのも、俺の護衛分の追加報酬を支払うためだ。そのためにフィリップさんたちもアレリア先生の家まで一緒に行くことになったのだ。

ユーリアと別れる時間が先延ばしにされて、ちょっと俺はほっとする。

「ユーリアたちはこれからどうするの？」

「何日かは、休みます。……それから受けられる仕事があれば受けます」

「それは他の町に行ったりするの？」

「わかりません。ここしばらくはアルゼキアにいました」

「心配しなくとももうしばらくはアルゼキアから離れるつもりはないよ」

俺たちの会話を聞きつけてフィリップさんが言ってくれる。

「今回のことで収まってくれればいいんだけど、しばらくは魔物の脅威は消えないはずだからね。冒険者にとっては稼ぎどきだよ。とは言っても今回のは結構疲れたから数日は休養を挟むつもりだ。なんなら町の案内でもユーリアに依頼すればいい。お安くしておくよ」

「お金は取るんですね」

「依頼ならね。休日にユーリアがどう過ごすかは干渉しないさ」

そう言ってウインク。くっそ、似合うから腹立つな。

しかしユーリアの父親かもしれない人からの許可は得たわけだ。

「じゃあ、ユーリア、町の案内をお願いしてもいいかな？　その、嫌じゃなければ」

「いや、じゃない、です」

どんな顔で答えてくれたかはフードに隠れて見えなかったが、笑顔だったと信じたい。

第八話　アレリア邸

アレリア先生の家は冒険者ギルドから徒歩で一時間――この世界での一時間だ――ほど歩いたところにあった。赤っぽいオレンジ色の外壁の三階建の邸宅だ。外からここだと言われたときに、この一室か、あるいはワンフロアだと思った俺の感覚は現代日本人としては間違っていないに違いない。だがアレリア先生の言っていた、人よりちょっとお金があるというのは、つまりこの建物が一軒丸ごとアレリア先生の邸宅であるということだった。

「そういえばアレリア先生のご家族は」

「両親はすでに他界していてね。他に身寄りもいない。気ままな独り身だよ」

ぶしつけなことを聞いた謝罪をする間もなく、アレリア先生は家の扉を開けた。

「シャーリエ、ただいま！　さあ、みんな入って適当に寛《くつろ》いでくれ」

玄関が開くとそこはいきなりリビングだった。

うっ、靴のまま絨毯《じゅうたん》を踏むのに抵抗がある。しかし他の皆は気にすることなくどかどかとリビングに入って行くと、そこらの椅子やらソファやらで勝手に寛ぎだした。そういうものか。俺もそうするべきだろう。

ぐっと抵抗感を押しのけて絨毯を踏む。今まで石畳を歩いてきたので絨毯は優しく足を受け入れてくれた。それだけでちょっとほっとするがやっぱり靴を脱ぎたい。脱いじゃっていいだろうか。

「えっと、俺の国では家の中では靴を脱ぐんですが、脱いでも変じゃないですかね？」

「変だな」

「変だね」

「変わってるな」

「変、です」

「変だ」

「…………」

一斉に返事がきてちょっとヘコむ。若干一名返事がないが、視線が明らかに変だと訴えてきていた。

「他人《ひと》の家のリビングで靴を脱ぐのはマナー違反だな。だがそれさえ覚えておいてくれれば、我が家では好きにしていいさ。今日からは君もここに住むんだしね」

アレリア先生からありがたい許可を頂いて俺は途中の村で手に入れた革の靴を脱いで、ソファの隅に腰を落ち着けた。

今度こそ心からほっとする。と同時に軽い痛みが足に走った。よく見ると、踵《かかと》のあたりが靴ずれで赤くなっている。

「治癒、します、ね」

ユーリアがそう言って治癒魔術をかけてくれる。

「ユーリアもフードを取ったら？　アレリア先生の家なら平気なんじゃない？」

魔界を抜けて人類の領域に入ってからというもの、ユーリアはずっとローブのフードを被《かぶ》りっぱなしだった。やはり神人《しんじん》でないことを気にしているのだろう。実際、立ち寄った村で兎人《とじん》であることが人に知られ、冷たい態度を取られるところを目にしている。

差別、か。

元の世界にだって差別はある。人種差別や、あるいは生まれた場所だけで決められてしまう差別や、あるいは性格や容姿のような個人によって行われる差別もあるだろう。だが記憶がないからなのか、それとももともとそうなのか、俺にはそういうものを実際に見た経験はないように思う。だからだろうか、ユーリアがそういう、つまり差別的な扱いを受けたとき、俺は腸《はらわた》が煮えくり返るような気持ちになった。外見からわかることはただ彼女は俺とは耳の位置と形が違うだけだ。だがそのとき、村人に食って掛かることもできなかった自分が一番腹立たしい。

後から、言ってもしかたのないことだとは言われたが、果たしてしかたのないことで済ませていいのか俺にはどうしても納得がいかなかった。

「ワンは、フードないほうが、いいですか？」

「うん。ユーリアの顔が見えたほうがいいな」

「じゃあ」

と言ってユーリアがフードを取った。桃色の髪がはらりと落ちる。わずかに頬を染めた顔が現れた。

やっぱり可愛《かわい》いな。

そう思って何か声をかけようとしたところで、

「わわわわわ、お帰りなさいませ。お館様」

クラシカルなメイド服を着た猫耳少女が階段を駆け下りてきた。

「こら、シャーリエ！」

アレリア先生の声が飛んで、ピンと黒い毛を逆立てて少女はその場で足を止め、突然優雅な歩調に変わり、階段を下り終えると、その場で腰を曲げて頭《こうべ》を垂れた。

「お帰りなさいませ。お館様。それとようこそいらっしゃいました。お客様方。すぐにお茶をお持ちいたします。どうぞお寛ぎくださいませ」

そう言ってもう一礼してから扉から隣の部屋に消えた。俺は呆然《ぼうぜん》とその後姿を見送る。

「当然だが、ワンくんは初めてだな。彼女はシャーリエ、我が家の召し使いだ」

「え、えっと、猫の耳でしたよね」

「猫人《びょうじん》だからな」

「町中では神人以外は見かけなかったですが……」

「数は少ないが神人以外もこの街には住んでいる。もっともほとんどは奴隷としてだし、シャーリエも私の奴隷だ」

「奴隷……」

ぎゅっと胃の奥を摑《つか》まれたような感覚に襲われる。

奴隷というのは現代日本の感覚からすれば、あまりにも縁遠い存在だ。イメージとして浮かぶのはやはり黒人奴隷だろうか。かつて欧米諸国はアフリカから連れてこられた黒人を奴隷として扱っていた。しかしそれももう遠い昔の話だ。差別は残っているにせよ、奴隷制度は廃れて久しい。

しかしこの世界では奴隷制度が当然のように残っているのだ。

「ひょっとしてこの国では神人以外は……」

「そうだな。基本的に奴隷という扱いだ。例外は冒険者くらいのものだな。城塞の中で見つかれば官憲に引き渡され、奴隷商人のところに連れていかれることになる」

ぎゅっとユーリアが身を縮ませた。

これまでにも危ないことがあったに違いない。

「逆に猫人の国で神人が奴隷として扱われているところもあるのだ。彼らの言いかたをすれば我々は亜人らしい」

「亜人……」

どちらかと言えば兎人のユーリアや、猫人のシャーリエなど人と他の種族が混じったような種《しゅ》をひとまとめにするときに使われる用語のような気がするが、この世界では考えかたが違うのだろう。

「ワンくんにひとつ注意しておくが、この国では神人以外にあまり肩入れしないことだ。ユーリア嬢と仲良くするのは構わないが、ユーリア嬢が兎人であることを理由に誰かに絡まれたときにユーリア嬢の味方をすれば、君のこの国での立場は保証できなくなる。特に天球教会に目をつけられたら厄介だ」

「天球教会ですか？」

「門の衛兵が言っていただろう。天球の導きがあらんことを、ってやつだ。あれは彼らの決まり文句だな。神人以外は人に非《あら》ずとはっきり明言している宗教で、この国の国教でもある。フィリップくんも天球教会の信徒だったな」

「ええ、僕がというより親がそうだったという感じですが、洗礼も受けていますよ」

「ゴードンくんとエリックくんも」

ふたりが頷《うなず》く。

「っても冒険者稼業をやってりゃ神人以外と関わることも珍しくねーからな。そこまで敬虔《けいけん》な信徒ってわけじゃねーですよ」

天球教会の信徒と言ってもその程度は様々だということらしい。敬虔な信徒であればたとえ奴隷であっても神人以外を家に入れるなどとんでもない。話をするのも汚らわしい、ということになるそうだ。官憲に捕らわれた神人以外が直接奴隷商人のところに連れていかれるのも、国家としては神人以外には直接関わらないという方針だからだそうだ。

なお、普通の天球教会の信徒は、神人以外という遠回りな表現はしないそうだ。猫人が神人のことを亜人と呼ぶように、彼らは神人以外のことを亜族と呼んだ。つまり神人、亜族、魔族というおおまかな分類であるようだ。

そのような話を聞いている間にお茶を淹《い》れ終わった猫人の奴隷シャーリエがトレイにティーカップとポットを持ってリビングに入ってきた。

彼女の淹れてくれたお茶は意外なことに緑茶のような味わいで、俺は懐かしい味にほっとする。

それからアレリア先生がフィリップさんたちに俺を護衛することになった分の報酬を払い、ひとまず解散ということになった。

「アレリア先生、明日はユーリアに町を案内してもらいたいのですがいいですか？」

「ああ、シャーリエにやってもらおうと思っていたがユーリア嬢がやってくれるのならそれでもいい。私も学会への報告などでしばらく忙しいからな。ひとまず羽を伸ばすといい。だがいろいろ気をつけるんだ。ユーリア嬢は兎人だし、君はレベル１という世にも珍しい存在だ。そのことを忘れるんじゃないよ」

「了解しました。ユーリアもそれでいい？」

「わたしは、いい、です」

「じゃあ、決まり。悪いけど迎えに来てくれるかな？」

「はい。そうします」

そんなわけで名残は惜しかったが、フィリップさんたちとも別れの挨拶をして、彼らはアレリア先生の邸宅を去っていった。後に残されたのは俺とアレリア先生とフィリップさんたちの分のお茶の後片付けをしているシャーリエさんだ。

「さて、シャーリエ、彼はワンくん。しばらくは我が家に滞在することになる客人だ。悪いが客間をひとつ使えるようにしてくれるかな？」

「承知いたしました」

「彼のことは客人として丁重にもてなすように。それから確認しておくが、君はもう子どもの産める体だったな？」

「え？　あ、はい」

「それは重畳だ。ワンくんに求められたら応じるように。なんなら誘惑したまえ」

「うっ、その、はい。承知いたしました」

一瞬苦しげに顔を歪《ゆが》めたシャーリエさんだったが、すぐに一礼してティーセットを片付けに隣の部屋に消える。

「って、なんですか、いまのやりとり⁉」

「なんだもなにも私の研究の一環だ。旅の途中にも考えていたんだがね。君が本当に我々と同じ人かどうか確かめる手段のひとつだよ。子を生《な》せるなら少なくとも我々人類種と同じ種族だと言えるだろう？」

「だからと言ってそんないきなり言われても」

「確かにシャーリエは幼いし、女性としての魅力には少々欠けるかもしれない。だが彼女の申告したとおりすでに子どもの産める体ではある。何も問題はあるまい」

「大ありだよ！」

シャーリエさんを最初に見たときに少女と表現したが、それは誇張でもなんでもない。本当に彼女は十歳そこそこの、まだ第二次性徴すら迎えていないような女の子にしか見えないのだ。シャーリエさんと心の中で呼んでいるが、どちらかと言えばシャーリエちゃんと言ったほうがよほどしっくりくる。はっきり言って子どもなのだ。

「君は胸の薄い女性には興味がないのかい？　ふむ、私でも代役は務められそうにないな」

アレリア先生は少し考え込んだ後に自分の胸に手を当ててそう言った。

「そこじゃねぇ！　だいたい仮に、仮にですよ。シャーリエさんに子どもができたとしてその子はどうなるんですか？」

「ん？　奴隷の子は奴隷だ。私の所有物であるシャーリエが産んだ子どもなのだから、当然私の奴隷ということになる。ゆえにその養育責任も私にある。そういうことを心配しているなら何の問題もないぞ。なにも気にせず種付けすればいい」

「ああ、もう、そういうことじゃなくって」

俺は頭を抱える。

何かが根本的にずれているのだ。しかしそれがアレリア先生がずれているのか、俺がこの世界の一般常識とずれているのかの判断がつかない。とは言えここは引ける一線ではない。

いくらなんでも俺は子どもとそういうことを致すつもりはないし、恋愛感情もなしにそういうことはしたくないのだ。

「なんだ。契約したじゃないか。私の研究に協力すると」

「できる範囲で、とも言いました。これは明らかに逸脱しています」

「むぅ、君にとっても悪くない提案だと思ったのだが」

そう言ってアレリア先生は唇をとがらせる。

「だがその気になったらいつでも押し倒したまえ。ちゃんと子どもができるようにするんだ。わかるね」

「絶対しませんからね！」

「わかったわかった。無理強いはしない。だがまあ、仲良くはしてやってくれ。あれは少々落ち着かないところがあるがいい娘だ」

「それなら善処しますよ」

アレリア先生から頼まれる最初の協力がこれとは。

俺はほっとしたのもつかの間、まったく違うため息をつくことになるのだった。

第九話　奴隷シャーリエ

その後、アレリア先生は報告書をまとめなければならないと言って階段を上がっていき、俺はひとりリビングに取り残されることになった。

ある意味、ようやくひとりになってじっくり考える時間ができたということだ。

俺は温《ぬる》くなったお茶に口をつけながら、自分の置かれた状況を改めて考えてみる。

異世界に召喚された。

これはもう間違いないだろう。

魔法、じゃなかった、魔術や、ユーリア、シャーリエさんという人とは明らかに異なる外見の種族が存在することで、もはや疑いようもない。

では、何のために？

よくあるパターンとしては、魔王を倒すために勇者として召喚される、というものだろう。

だが俺の召喚は誰かの意図によって引き起こされたものではないようだ。その可能性もあるが、アレリア先生は否定していたし、それを確かめる術《すべ》もない。少なくとも俺が召喚された遺跡ではアレリア先生たち以外には誰とも出会わなかったし、その痕跡も見つからなかった。

アレリア先生は事故だと言った。先代文明の遺跡でエーテルが暴走した結果として起こった事故だと。

ということは俺は特に何の理由もなくこの世界に召喚されてしまったことになる。

では、どうするのか？

ここで問題となるのが俺の記憶がないということだ。日本に関する知識はあるが、個人的な記憶がない。俺が召喚されてしまったことで心配している家族がいるのかどうかもわからない。そのせいだろうが、日本に帰りたいという意識はあるのだが、焦燥感のようなものはない。せいぜい困ったなあという程度の認識だ。

そしてそれは記憶についても同じことが言える。

困ったなとは思うのだが、思い出してどうなるものでもないような気がする。しかしそれは感覚的なもので、現実的に考えると記憶は取り戻したほうがいいに決まっている。特に召喚される前後の記憶だ。どんな状況で召喚されて、あの場に出現するまでに何があったのか。それとも何もなかったのか。

自分の感覚としてはどこかに向かって歩いていた途中だった。しかしどこに向かっていたのかは思い出せないし、召喚されたのも突然だ。だが召喚に至るにあたってなんらかの情報が与えられていた可能性もある。

小説なんかの転生モノでは、神様のような存在が現れて、これからどうしたらいいのかの情報を与えてくれる展開はザラだ。俺の身に同じようなことが起きていてもおかしくない。

そしてそれが次の問題の解決につながっている可能性もある。

なぜ、俺はレベル１なのか。

ゲーム的に考えれば召喚されたばかりの俺がレベル１なのは当然だ。魔物なんかを倒して経験値を貯《た》める必要があるだろう。だがどうやらこの世界では普通に生活しているだけでもレベルが上がっていくようだ。しかし俺はレベルが上がるに足る経験をしているにもかかわらずレベルが上がる様子がない。

そこから考えられるのは、俺の場合はレベルが上がる条件が他の人とは違うという可能性だ。

たとえば俺は魔物を倒さなければ経験値が入らない。

そういうことは考えられる。これがゲームだと仮定すればなおのことだ。

どうだろう？

何か俺でも倒せるような魔物がいて、それを倒す機会を得ることはできないだろうか？

しかし倒すと言っても具体的にどういうことが倒す行為に当たるのかがわからない。戦って撃退すればいいのか、それとも殺す必要があるのか。もし殺す必要があるのだとして俺にそれができるのか？　虫も殺したことがないとは言わないが、少なくとも哺乳類を殺したような経験はないように思える。鶏の首を落とせば経験値が入るとして、俺にはそれを簡単にできる自信はない。

では別の可能性。冒険者になって簡単な依頼を達成することでレベルが上がらないだろうか？

ゲームによってはクエストクリアの報酬として経験値が入るものもある。この世界では何をしても経験値が入るようだから、そういう可能性もあるだろう。だがそれが今のところレベルの上がっていない俺に適用されるかどうかはわからない。

そもそも俺はまだ自分のステータスを見ることすらできないでいるのだ。

ステータスの見方は旅の途中に皆から教えられた。それぞれにやりかたはあるようだが、基本的には自分の手の甲を見つめる。自分の体に対して鑑定スキルを使うのだそうだ。だが鑑定スキルがない以上どうすればいいのかわからない。彼らもそこをどう説明すればいいのかわからないようだった。ただ鑑定スキルにかぎらず、あらゆるスキルは習得していなければ使えないということはない。だから感覚さえ摑《つか》めばステータスは見えるはずだ、ということだそうだ。

それ以来、暇さえあれば自分の手を見つめているのだが、相変わらず思うのは、なんか自分の手っぽくないなあという感想ばかりだった。記憶がないのに何を言っているんだという話だとは思うが、これは感覚的なものなので説明のしようがない。あるいは記憶がないからそう思うのかもしれなかった。

とりあえずこれは続けていくしかない。この世界では誰でも当然のようにできていることらしいので、俺にもそのうち感覚が摑めるだろう。きっと。たぶん。そうであってほしい。

「ワン様、お部屋の準備が整いました」

不意に呼びかけられ顔を上げるとシャーリエさんが立っていた。考えに没頭していて彼女がいることに気がつかなかったが、どうやらアレリア先生に言われた客間の用意を整えてきたようだ。

俺は靴を履き直すかどうか考えて、やっぱりやめておくことにした。手に持って立ち上がる。

シャーリエさんに案内されたのは二階の北寄りの一室だった。

北寄りと言っても、この世界では北とは天球の中心方向を指すので、日当たり的に言えば南寄りと同じということになるのだろう。窓から見えるのは路地と隣家と、空で異彩を放つ天球だけだ。

部屋は俺の想像していたものより大きかった。十畳は軽く超えている。ピンとシーツの張ったベッドと、クローゼット、机に、ソファまで備わっていた。なんというか落ち着かない広さだ。

「もしも足りないものがあればご用命ください。なんでも仰せつかります。……その、今すぐというのなら、か、覚悟はできていますのでっ！」

「ちょっとタイム！　待って！」

俺は慌ててシャーリエさんを押し止《とど》める。

「そういうことをするつもりはないから、安心して。アレリア先生の暴走だよ。あれは」

「そ、そうですか。でも、あの、その、ええと」

わたわたと手足をばたつかせた後、シャーリエさんはぎゅっと目を閉じて、スカートの裾を摑んだかと思うと、ぱっとそれをめくり上げた。ドロワーズというのだろうか。かぼちゃパンツの長いやつみたいなのがあらわになるのを俺はぽかーんと眺めていた。

「えっと、あの、よ、欲情しませんか？」

俺はピンと来た。アレリア先生は言っていた。なんなら誘惑しろ、と。それがこれなのだろう。

俺はどうするべきかちょっと考えて口を開いた。

「うん。まったくしない」

ガーンという擬音が聞こえてきそうな表情で、シャーリエさんがスカートの裾を取り落とす。

「俺はもっと大人の女性にしか興味がないんだ。だから君にそんなことはしない。だから君も無理なことはしなくていいよ」

「でもでも、それじゃお館様のご命令が」

シャーリエさんは苦しそうな表情になると、急にこちらに駆け寄ってきて、体ごと俺にぶつかってきた。思わず受け止めると、猫耳の少女は俺に体を擦《なす》り付《つ》けてくる。ぷつぷつとボタンの外れる音がして、彼女のメイド服がめくれていく。

しかしその光景はいやらしいというより痛々しく、俺は彼女の体を抱きしめて動きを止めさせた。

おかしい。

彼女が望んでこのようなことをしているはずがない。それは彼女の表情や反応で明らかだ。だから俺は俺が望んでいないし、興味もないという体《てい》で逃げ道を与えた。彼女は逃げることだってできたはずだ。

「アレリア先生は俺が求めたら応じるように君に命令しただけだよ。誘惑はオプションだ。つまりやらなくていいことだ。それは命令違反にはならないよ」

「ほ、本当ですか？」

「本当だとも。後で一緒にアレリア先生に確認しに行こう」

そのときにアレリア先生が改めて命令する可能性もあったが、そこは俺が止めさせてもらおう。こんな小さな子どもにやらせるようなことではない。

それよりも気になったのが彼女の苦しげな表情のほうだった。

「もしかして命令に逆らうと苦しかったり、痛かったりするのかい？」

「は、はい。シャーリエは奴隷ですから、お館様の命令に逆らうことができません」

「今はどう？　もう大丈夫？」

「はい。本当にワン様を誘惑しなくていいのでしょうか？」

「本当だよ。約束する」

「なら、その、だいじょうぶです」

「そうか、よかった」

俺は抱きしめたままの少女の頭を撫《な》でてやる。

シャーリエさんの身長は俺の胸のあたりまでしかない。体つきは華奢《きゃしゃ》というより、子どものそれだ。シニョンにまとめた髪を崩さないように気をつけながら彼女の頭を撫でていると、年の離れた妹をあやしているような気持ちになる。猫耳がぴこぴこ揺れるのは見てて楽しいのだけれど。

まったく、こんな子どもに何を強制させてるんだ、とアレリア先生に対する怒りが生まれるが、そこはぎゅっと心の奥に閉じ込めた。俺の感性のほうが間違っている可能性だってある。いや、その可能性のほうが高いのだ。この世界ではこのくらいの少女でも性の対象であるし、奴隷として子どもを産むことを命じられることもある。そう考えておかなければならない。

それよりも大事なことがある。

シャーリエさんは奴隷で、アレリア先生の命令には逆らえない。逆らえばそれだけでなんらかの苦痛を受けることになるようだ。だがそれはシャーリエさんの自意識に影響されている。自分がしていることが命令に逆らっていると、シャーリエさん自身が判断したときに、その苦痛がやってくるということだ。だからアレリア先生の〝誘惑したまえ〟という言葉を命令だと受け止めていた彼女に、それは命令じゃないと言い聞かせることで苦痛を取り除くことができたのだと思う。

これは彼女と付き合っていく中で忘れてはいけないことだ。下手をすれば俺の言動ですら彼女を傷つけかねないのだから。

「それにしてもアレリア先生はなにを考えているんだよ」

いや、アレリア先生の意図は本人から聞かされている。

俺がこの世界の人類と性交渉を持って子どもができるかどうかを確認したいのだ。それにより俺がこの世界の人類と同じかどうか確かめられる。

この世界にその概念があるかどうかはわからないが、つまり遺伝子が相似しているかどうかということになるのだろう。エリックさんの話しぶりからするに、ユーリアは神人《しんじん》であるフィリップさんと、兎人《とじん》であるルシアさんの間の子どもである可能性があるということだった。

つまり人類、神人とそれ以外の種族はお互いに子どもを作ることができるということだ。だから俺に猫人《びょうじん》であるシャーリエさんを差し出した。俺がこの世界の人類に相当する種《しゅ》であれば、シャーリエさんとの間にもちゃんと子どもが作れるはずだからだ。

「お館様の考えは難しくてよくわかりません。でもお館様はとても聡明《そうめい》な方ですから、意味のないことを命令はされません」

「確かに意味はあるんだろうけどなあ」

それならばそれこそアレリア先生自身を差し出すべきじゃないんだろうか。たとえばじゃあ私でと、そう言われてもアレリア先生とそういうことをしたいかと言われたらちょっと悩むところだ。先生は綺麗《きれい》な人なんだけど、そういう対象として見られないというか。

　はっきり言ってしまうと色っぽくないのだ。

「それにお館様はお優しい方です。猫人の奴隷であるわたしにも良くしてくださいます」

「そっか」

　それが奴隷として主人を立てなければならないがゆえの発言なのかどうかはわからないが、とりあえず今は受け入れておく。

　とりあえず抱きしめたままだったシャーリエさんを解放して、彼女に服の乱れを直してもらう。

「はしたないことをして申し訳ありませんでした。お許しください」

「許すもなにもないよ。シャーリエさんはアレリア先生の命令だと思って頑張っちゃっただけなんだから」

「ありがとうございます。でも、その、シャーリエさんというのはおやめください。どうかシャーリエと呼び捨てに。神人の方からそのように呼ばれると、わたしがお叱りを受けてしまいます」

「そっか、じゃあシャーリエ。これからよろしく」

「こちらこそよろしくお願いいたします。ワン様」

「それじゃ早速なんだけどお願いしていいかな？」

「なんでも仰せつかります」

「さっきのお茶を淹《い》れてきてくれないかな。ふたり分。それから君の話を聞かせてほしい」

「仰せのままに」

それからシャーリエにもソファに座ってもらって、彼女から彼女自身の話を聞いた。

シャーリエは生まれついての奴隷だった。

彼女の母親が奴隷だったからだ。

奴隷の女性が妊娠して胎児にステータスが発生すると、その時点でその子には母親と同じ奴隷契約が結ばれている。これは奴隷契約が承継契約、つまり親から自動的に子どもに付与される契約に当たることを示している。

女性の奴隷を買うということは、つまりその子どもも買うということと同義なのである。

さて、この国の奴隷制度について簡単にまとめておこう。

勘違いしていたが、この国では亜属だけが奴隷にされるというわけではない。亜属に限らず、神人でも借金を返せなくなったり、あるいは犯罪を犯したりして奴隷に落とされる者がいる。そしてこの国のみならず奴隷という存在はどうしても必要なものだ。

その原因はスキルにある。

エリックさんから聞いたようにレベルアップ時に習得するスキルは、それまでにその人がどんな経験をしてきたかに左右される。魔術士が魔術以外のことをできるかぎりしないようにするのは、より確実に魔術スキルを上昇させるためだ。これは魔術士に限らずあらゆる職業に言える。戦士にしても、商人にしても、必要外の経験をすることによって必要のないスキルを習得するのは損だと考えられているからだ。

しかし生きていくためにしなければならないことはあまりにも多く、それらの行為に関するスキルもまた多い。

ではどうするか？

答えは他人《ひと》に任せてしまうのである。

特に家事、あるいは他人との交流、家業に至るまで、奴隷がそれを執り行っている例は枚挙にいとまがない。上げたいスキルがなかなか伸びないから、あるいは伸びているからこそさらに伸ばすために、そのスキルのみを行うことに没頭し、それ以外を奴隷に任せてしまう。それがこの国の貴族の通例であり、また金銭に余裕のある市民の生きかたでもある。

そんな貴族のひとり、マクスウェル・アートマンの奴隷だったのが、シャーリエの母親シーリアだった。そして彼女がマクスウェル・アートマンの奴隷だったから、シャーリエもまた生まれながらにマクスウェル・アートマンの奴隷だった。

しかし彼女が生まれて直後のこと、ある事件が起こりマクスウェル・アートマンとその妻、さらにシーリアは亡くなってしまう。結果として奴隷契約はアートマン家の一人娘だったアレリア・アートマンに相続されることになった。

さらにアートマン家には男子がいなかったことから、お家《いえ》取り潰しということになり、アレリア先生は貴族ではなくなった。アレリア先生に残されたのは親から受け継いだ資産だけということになり、アレリア先生はそのほとんどを売り払って、まだ幼かったシャーリエと、他数人の奴隷だけを手元に残し、今の邸宅を買ったのだそうだ。そしてシャーリエがある程度働けるようになると他の奴隷も売ってしまった。

そうして今ではシャーリエとふたりでこの邸宅で暮らしているのだそうだ。

「どうしてシャーリエだけを手元に残したんだろう？」

「わたしがまだ幼くて、アートマン家のことを何も知らないからだと思います。お館様はお家のことを思い出すようなものをすべて処分されましたから……」

アートマン家のことをよく知る奴隷たちは、失われた家を思い出すから手元に置いておきたくなかった。だがシャーリエの面倒を見るためにしばらくは手元に置いておく必要があった。ということだろうか。

それにしても事件か。

シャーリエは詳しいことは知らないようだった。当然だ。生まれて間もないころのことを詳しく知っているはずもない。それにアレリア先生も教えはしなかったのだろう。

「少しお話ししすぎたかもしれません。どうかこのことは」

「大丈夫だよ。誰にも言わない」

「ありがとうございます。ではわたしは夕食の支度がありますのでそろそろ。ワン様、何かお好きなものはございますか？」

「そうだな。堅パンじゃなければなんでもいいよ」

そう言うとシャーリエは笑って、では柔らかいパンをご用意しますねと言って出ていった。

シャーリエの作る食事は、とても美味《おい》しかったとだけ付け加えておく。

第十話　ユーリアと買い物

アルゼキアはアルゼキア王国の首都であり、唯一の都市である。領地に農村はいくつもあるが、都市を形成するほどの大集落は存在しない。ゆえにアルゼキア王国のすべては、このアルゼキアに集まってくる。

そんなわけでアルゼキアの大通りは非常に賑《にぎ》わっていた。

大通りとは言っても、日本人の想像する大通りとは少し違うかもしれない。大きな道があって、その周囲に主要な建物が建っているだけではなく、その道の中にも商店が溢《あふ》れかえっているのだ。俯瞰《ふかん》してみれば、確かに大通りであるのだろうが、中にいるとお祭りの屋台が立ち並んでいるようにしか見えない。お祭りの屋台と違うのは電飾が使われていないことと、売っているものが日用品寄りなことだろう。これは俺の知識から来るものだが、いわゆる海外のマーケットがその印象に近い。日本で言うなら露天商だろうか。それだとやはり祭りの屋台という感じになってしまうが、売っている食料品も肉を焼いているかと思えば、生肉を取り扱っている店もあるし、フルーツジュースのようなものを提供している店もあれば、フルーツそのものを扱っている店もある。小物から、金物、小麦から釘《くぎ》まで、本当にまとまりなくなんでも売っている感じだ。このあたりはこういう店、という決まりがないのだろう。

ユーリアに聞くと、これらの屋台は夜には撤去しなければならず、朝から早い者勝ちで場所が決まるのだそうだ。なんだか花見の場所取りを思わせる話だ。じゃあ朝のいつからならいいの？　と聞くと、ユーリアは、たぶん朝の鐘が鳴ったらと言った。そういえば朝から一定時間置きに鐘の音が聞こえる。間隔からするに一時間、この世界の一時間ごとに鳴らしているのだろう。夜の間は聞こえなかったから、朝になったら鳴らし始めるんだろう。

とりあえずアルゼキア案内のためにやってきたユーリアが、俺を最初にここに連れてきたのは服を買うためである。

現在俺の所有している衣服は召喚されたときに着ていたブレザーの学生服と、アルゼキアへの旅の途中に手に入れた古着しかない。今着ているのは当然ながら後者だ。

染められてもいない麻の布のチュニックとズボンという簡素なもので貧乏っぽいのはなんとなくわかる。

ユーリアがデートの相手にもっとマシな格好をさせたいと思うのは当然のことだろう。なお、アレリア先生宅には当然ながら女性モノしかなく、借りられるような服はなかった。

「ここに、しましょう……」

ユーリアが選んだのは出来合いの衣類を売っている屋台だった。だが素材が明らかに麻とは違って柔らかい。

これはなんだろう？

日本の衣類なら洗濯タグを見れば一目瞭然なのに。

「これは、羊の毛、です」

俺が戸惑っていることに気づいたのだろう。ユーリアが助言をくれる。

そうか、羊毛なのか。

羊毛と言うと毛糸というイメージだったが、よく考えたら繊維なのだから普通に織物《おりもの》にだってなるだろう。布になれば服にもなるわけで、こうしてチュニックやズボンになるわけだ。

「何だお前、毛織物《けおりもの》も知らないのか？」

店主と思《おぼ》しきおっさんが現れ、俺に訝《いぶか》しげに目を向ける。と、同時にその目が驚愕《きょうがく》に開かれた。

「レベル１!?」

やっぱりそういう反応をされるのか。

半ば予想していたとは言え、尋常ではない反応をされるのは気持ちのいいものではない。

「実はそういう病気で……」

あらかじめアレリア先生と打ち合わせてあったとおり、生まれつき謎の奇病に冒されていて、治療法を探すために連れてこられた。という設定で話を進める。衛兵にもそういうことで話をしてあるので今後もこの設定で行くつもりだった。

「なるほどなあ。それでスキルがないんじゃ何も知らなくてもしかたない。うーん、安くしておいてやるから好きなモノを選びな」

「ありがとうございます」

礼を言ってユーリアと服を選び始める。とは言っても似た作りのものばかりだから、色ということなるのだが。

上着は薄い色のものを何着か、ズボンは濃い目の色にしておいた。なんだかそのほうが落ち着きそうな感じがしたからだ。それから下着も何着か買っておく。今のものは麻布でごわごわしていたからだ。

会計は言われるままに銀貨を差し出したが、ユーリアが何も言わなかったので、ぼったくられたということはないのだろう。

「治療がうまくいくといいな。この先に教会があるから寄って行くといい。天球の導きがあらんことを」

ユーリアに聞いてみると、その教会というのは天球教会のことだそうだ。ユーリアがいる以上、近づかないに越したことはないだろう。

それにしても想像以上の大荷物になってしまった。当たり前だが、買い物袋なんて出てこないので衣類は自前で用意してきた手提げカバンに入れることになるのだが、これまた当然のように入りきらず、それに加え両手に抱えることになった。

ユーリアが手伝おうかと聞いてくれたが、そこは男の子の意地である。自分の買い物を女の子に持たせるわけにはいかない。

そんなふうに両手に荷物を抱えながら大通りの人混みを歩いていると、唐突に人にぶつかり一歩よろめく。

「すみません」

思わず謝罪が口をついて出る。荷物はなんとか落とさなかった。

「ワン」

かと思うと、ユーリアに呼ばれ振り返ると、彼女がローブを着た子どもの手を摑《つか》まえていた。

「スリ、です」

「えっ」

慌てて荷物を抱え直し、ズボンのポケットをまさぐると、確かに硬貨を入れていた小袋が消えていた。アレリア先生から預かったお小遣いの全額だ。ぞっと背筋が冷たくなるのを感じる。ファンタジー小説なんかでは確かにスリに遭うのがお約束だが、まさか自分が遭うとは思ってても見なかった。というかポケットに入れていたのにスれるものなのか。

「離せ、離せよ！」

少年とも少女ともわからない声で子どもはユーリアの手から逃れようとしているが、そこはさすが冒険者というべきなのだろう。ユーリアの手はがっちりと子どもの手を摑んで離さない。

「いいんですか？　このまま、衛兵に、突き出しても、いいんですよ」

ユーリアの声は普段の彼女からは想像もできないほど冷たい。

「あなた、亜族でしょう」

声を潜めたユーリアの声に子どもの抵抗がパタリとやむ。

「な、なんで」

「臭いで、わかります」

そういえばウサギの嗅覚は犬並みに鋭いんだっけか。それが兎人《とじん》のユーリアにも適用できるのかはわからないが、ユーリアの言葉に嘘《うそ》はないようだった。

ローブを着た子どもはじっとユーリアを見ていたが、やがて観念したようにポケットから二つの小袋を取り出した。

「それで見逃してくれよ。弟と妹がいるんだ。俺が捕まっちまったらあいつら餓死しちまう」

「どう、しますか?」

ユーリアが俺に意見を求めてくる。盗まれたのは俺のお金だから、ということだろう。

俺は少年の手から自分の硬貨が入った袋だけを取り上げると、中身が減ってないことを確認した。

さて、どうしたものだろう。

許してしまうのは簡単だ。だがそうするとこの子は同じことを繰り返すだろう。それ自体も罪だし、別の誰かに捕まればこうは行くまい。亜族の子どもが盗みを働いて、それを天球教会の信者が許すとはとても思えない。おそらくは話に聞いたように奴隷にされることになるだろう。

それを心苦しく思うのは、俺が甘いからだろうか。

俺は被害者で、この子どもは加害者だ。そう割り切れれば簡単なのだが、子どもをそんな目にあわせていいものだろうか? それも俺の判断で。

結局はそこなのだろう。

俺はこの子どもが奴隷に落とされることを嫌がっている。

「とりあえずアレリア先生の家に連れていこう。荷物を置いて、それから話を聞きたい」

「ワンが、そう、言うのでしたら」

それからユーリアはその子に自分のステータスを見るように言い。逃げようとしたら魔術を使いますよ。と脅しを入れた。その子はユーリアほどの高レベルの魔術士を見たことがなかったのか、シュンとおとなしくなると、言われるがままにユーリアに手を引かれて俺たちの後をついてきた。

アレリア先生の家に戻り、俺が服を着替えている間にユーリアはスリの子どもからいくらか話を聞いていたようだった。

彼の名前はセルルナと言い、犬人《けんじん》の少年で、アルゼキアの外周街に住んでいるのだという。父はおらず、母は身を売って金を稼いでいるが、大した収入ではなく生活が苦しいのだそうだ。そのうえ、妹が病気に罹《かか》ってしまい、薬を買う金が必要だという。

「こんなお屋敷《やしき》に住んでるんだ。お金持ちなんだろう！　ちょっとくらい恵んでくれたっていいじゃないか！」

「お恵みが欲しいのであれば、病気の妹を連れて物乞いでもするべきでしたね」

辛辣な意見はお茶を用意してきたシャーリエの口から発せられた言葉だった。そのうえで、犯罪者に出すお茶はありません、と少年の前に一度置いたお茶のカップを取り上げてしまった。

「そんなことしても衛兵に追っ払われちまうよ！　なんだよ。同じ亜族のくせに！」

「亜族と自らを貶《おとし》めている子どもの言葉なんて痛《いた》くも痒《かゆ》くもありませんよ。わたしは自分が猫人《びょうじん》であることにも、お館様の奴隷であることにも誇りを持っていますから。それどころかあなたのような短絡者のせいで神人《しんじん》以外の人々の立場がさらに悪くなるのです。その自覚はあるのですか？」

子どもだからと犯罪者を庇《かば》い立《だ》てする必要はありません。さっさと官憲に引き渡してしまいましょう。と、シャーリエは言う。そもそも犯罪者の言葉を信じる必要はありません。そんな病気の妹なんていないのかもしれません。この場を言い繕うためだけの言い訳に違いありません、と。

ぷんすか怒るシャーリエを横目に、俺は全然別のことを考えていた。

「セルルナ、君はどうやってアルゼキアに入ってきたんだい？」

アルゼキアの門のところには衛兵がいて、出入りする人はみんなチェックされていた。ユーリアも例外ではない。冒険者としての契約がなければ神人ではない彼女はアルゼキアに立ち入ることすらできないのだ。しかしこのセルルナという少年は神人でないにもかかわらず、アルゼキアの中にいた。何かチェックを避ける方法があるんだろうか？

「それは、言えない」

なにか方法があるんだろう。しかしそれをごまかすための嘘は用意してなかったようだ。

「それじゃ聞くけど、妹さんの病気さえ治ればこんなことは二度としないと誓えるかい？」

「それは契約するってこと？」

「そうか、この世界じゃそれが普通なのか。そうだな。契約できるかい？」

セルルナはしばらく俯《うつむ》き考えた後で顔を上げた。

「わかった。アルルの病気が治ったら俺は二度と悪いことはしない。兄ちゃんと契約するよ」

「じゃあ契約しよう」

そう言うとセルルナは俺の前にやってきて両手を差し出した。

えっとアレリア先生はどうやっていたっけ？

俺は思い出しながら、契約の宣誓を行う。

「宣言する」

そうは言ったものの、アレリア先生のときのような力の流れは感じない。

あれはどんな感じだっただろうか。確か温かいものがお互いの体を巡るように流れて。

そう思った途端、その力の流れが発生した。

ユーリアに流し込まれた魔力とはまったく違う力の流れ。それをはっきりと感じる。

しかし今度は気持ち悪くなるようなことはなかった。

「ワンはセルルナの妹、アルルの病気を治療する。それに対し、セルルナは以後犯罪に手を染めないと誓う」

「承諾する」

力は霧散する。たぶんこれで契約はちゃんと結ばれたはずだ。自分でステータスを確認できないのがもどかしい。

「それでワン様、どうやってその子の妹を治療するんですか？」

シャーリエが当然のことを聞いてくる。

それに対し、俺は申し訳ないんだけど、と前置きして、

「ユーリア、力を貸してくれる？」

と、言ったのだった。

第十一話　貧困街のアルル

アルゼキアは水に恵まれた都市だ。

シュゼナ川の沿岸にあり、都市の中にも水路が張り巡らされている。驚くべきことに水路は上水道と下水道に分かれており、市民はその豊富な水資源を惜しみなく利用することができる。

市民は、だ。

俺は今、そのアルゼキアのもう一つの側面を目の当《ま》たりにしていた。

セルルナと一旦別れ、彼の妹がいるというアルゼキア外周街で再度落ち合うことを約束し、俺はユーリアと連れ立ってアルゼキアの門を出た。アレリア先生宅を出るときにシャーリエがくれぐれもユーリアから離れないように忠告をしてくれたことからも、現地の治安の悪さは想像がついた。

しかし想像がつくということと、現実にそれを目の当たりにするということはまったく違うことだった。

アルゼキアには豊富な水資源があり、上水道と下水道が完備されている。飲み水は簡易的なものとはいえ浄水施設を経たものを口にできるし、汚水は下水道から排出される。ではその汚水はどこに行くのか？

日本であれば下水道は汚水浄化施設などに繋《つな》がっていて、処理を受けたうえで水は排水し、残った汚物はゴミかあるいは廃棄物として適切に処分されるのだろう。

だがこのアルゼキアでは汚水はそのままシュゼナ川に流される。それらの水はひとまとめになってシュゼナ川の本流と混じりあい、そして外周街の人々の生活用水になる。

立ち込める悪臭はそれだけが理由とは思えなかったが、理由のひとつであることは確かであるようだった。

ヨーロッパの町並みのようなアルゼキアの一歩外には、雑然とした貧困街があった。いわゆるスラム街というやつだ。端材を繋ぎあわせた隙間だらけの小屋が、所狭しと立ち並んでおり、そこには道など存在せず、あるのはただ小屋と小屋の隙間だけだ。

あちらこちらから拒絶と敵意の混じった眼差《まなざ》しを感じる。

革の靴を履いて、羊毛の服を着ているだけで、ここの人々とは暮らしぶりが違うとはっきりわかるのだ。まだ着替えずに来たほうがよかったかもしれない。あの襤褸《ぼろ》の麻布の服であれば、これほどの敵意を向けられることはなかったんじゃないかと思う。

「兄ちゃん、こっちだよ!」

こんな場所でどうやってセルルナを探せばいいのかと思っていたところ、セルルナのほうから俺たちを見つけ出してくれた。なんでも余所者《よそもの》が入り込んだことはすぐに知れ渡るのだそうで、そう言った情報を元に俺たちの場所を突き止めたらしい。

セルルナが案内してくれたのは、やはり隙間だらけの掘っ立て小屋だった。

俺にはこれを家と呼ぶことはできない。

しかしセルルナは明るくここを自分の家だと言った。口調が明るいのは妹の病気が治るかもしれないからだろう。

その小屋には扉すらなかった。ただ入り口に板を何枚か立てかけて、外と遮蔽しているにすぎない。セルルナは手慣れた仕草で板をまとめて横にずらすと、小屋の入り口を開けた。促されて中に入ると、そこは二畳ほどのスペースに襤褸《ぼろ》布を敷いて床にしているだけだった。奥のほうで小さく咳《せき》の音がした。

「アルル、魔術士様を連れてきたよ。すごいぞ。水のレベルが8もあるんだ」

そこにいたのはやせ衰えた犬耳の少女だった。

コンコンと空咳《からせき》が続く。

正直に言おう。咳が聞こえなければ、茶色のボロ布が転がっているだけだと思った。手入れなど想像もできないほどボサボサの茶色の髪、生気のない顔色、身じろぎすることすらおぼつかないような細い手足、生きていることが嘘《うそ》のようなそんな姿だったからだ。

俺は自分の考えが甘かったと、この時点で気がついた。

病気を治すなんて軽々しく口にしたが、ひどい衛生環境の中で、ろくに治療も受けず、食事すらまともに与えられていないであろう病人を想定などしていなかったからだ。

「ユーリア……」

「やってみます」

しかしユーリアにとってはこれも想定の範囲内だったのだろう。動揺も見せずに杖《つえ》の先をそっと犬人《けんじん》の少女に触れさせた。治癒魔術の行使は外から見ていると何が起きているのかわからない。当人の体の中で起こる変化でしかないからだ。いや、ステータスが見えれば、体力の値の増減くらいはわかるのだろう。

なんで俺にはステータスが見えないんだ。

俺はなにか見えないかじっと少女の様子を窺《うかが》っていたが、結局は無駄だった。

ユーリアが息をついて杖を離す。

「どうだい、姉ちゃん⁉」

「体力は、回復させました。でも、治癒魔術は、病気は、治せないのです」

そういえばユーリアの母親も流行病《はやりやまい》に倒れたと聞いた。彼女も高レベルの水魔術士だったはずだ。

「ワン、食事を……」

そうだった。シャーリエに頼んで野菜と肉のスープを革袋に詰めてきたんだった。熱かったスープもいい具合に温《ぬる》くなっている頃合いだろう。俺はユーリアと場所を代わり、少女に革袋を渡す。中身を説明して、ゆっくり飲むように伝えると、少女は最初は恐る恐ると言った様子で口をつけた。

「おいし……」

と言ったところで少女はまた咳《せ》き込《こ》む。

「ゆっくり飲んで。……ユーリア、どう思う？」

「病気が治る、か、どうかは、わかりません」

「でも、ゴッヘンのおっさんは薬があるって言ってたぞ」

「薬も、治癒力を、助けるだけ、です」

「魔法の、じゃない、魔術を込めた薬とかはないの？」

そのものじゃなくても、ここは魔術がある世界なのだ。錬金術による万能薬のようなものがあってもおかしくはない。

「薬の、その、薬の効果を、増幅する魔術は、あります。説明が、むずかしい、です」

「たとえばなんだけど、抗生物質とか、ペニシリンとかって知らないかな？」

「わからない、です」

これは後でアレリア先生にも確認したほうがいいかもしれない。

抗生物質の発見以前と以後では薬というものの効果はまったく違ってくるはずだ。

「それにしても怪我《けが》は治せるのに、病気は治せないっていうのも何か不思議な感じだな」

「怪我は損傷です。肉体の、治ろうとする力を助ければ、治ります。でも、病気は変化です。肉体の、治ろうとする力を助けることは、できます。でも、治ろうとしないと治りません」

「難しいな」

「わたしも、説明、うまくできません」

この辺もアレリア先生がいたらさくっと説明してくれそうな気がするが、残念ながら不在だ。とにかく病気を魔術でぱっと治療することはできないということだ。

「そうなると治癒魔術で体力を回復させながら、病気が治るのを待つしかないか」

「でも、わたしもいつでも、アルゼキア、いるわけじゃないです」

「そっか、依頼があると街を空けることもでてくるよな。他に水魔術士がいてくれたら」

あるいは俺が治癒魔術を使えたら。

「ユーリア、俺に治癒魔術を教えてくれないか？　まだレベルも上がってないんだけど、ユーリア、前に聞いただろ。どの系統にするかって。俺も水系統を覚えたいと思う。もちろん、魔術士スキルが手に入れば、だけど」

「だいじょうぶ、です。ワンは、才能が、あると、思います」

ユーリアの言葉がありがたい。簡単な治癒魔術が使えるようになるだけでも、ユーリアがいない間の助けになるはずだ。

「魔力操作の練習、欠かしてません、ですよね？」

「ああ、ちゃんとやってるよ」

魔術士スキルを得るためには洗礼を受けることが必要だ。そして魔術士スキルを上げるためには魔術の行使が必要だ。そしてアレリア先生の助言で、俺は魔力操作の練習をすることになっていた。というのも、杖のような魔術の発動具なしでできる魔術行為であり、それを繰り返すことで魔術士スキルの習得の助けになるかもしれないからだそうだ。

それから俺は暇を見つけては、いや、暇でないときでも体の中にある力をあちこちに集めてみたり、動かしてみたりしていた。あくまで感覚的なものではあるのだが、自分ではできていると思う。

「初歩の治癒魔術なら、使えるかも、しれません」

「えっ」

「スキルがなくても、魔術は使えます。ただ普通はほとんど効果がありません」

それこそ気のせいで済まされるレベルでしか発動しないのだという。

「でも、ワンは、魔力抵抗力高かった、です。治癒魔術も、それなりに使えるかも、しれません」

「って言われても、治癒魔術の使いかたなんてわからないんだけど」

「何度もワンに使いました。あの感じ、です」

「あの感じって言われても」

いや、感じはわかるのだ。ユーリアから治癒魔術を受けるとき、直接魔力を流し込まれたときとは違って、ユーリアの魔術によって体の外側からじんわりと温かくなるような感覚が生まれるのだ。魔術は被術者を包み込むように発動している。

「試しに、わたしに、やってみましょう」

そうユーリアから杖を押し付けられる。

いや、すんごい軽いノリだな。そんなんでいいのか？　そんなんでできてしまうものなのだろうか？　そんなものなら世の中に魔術士があふれているのではないだろうか？

そんな疑問をよそにユーリアはじっと俺が魔術を使うのを待っている。

セルルナと、いつの間にかスープを飲み終えたアルルも、じっと期待の眼差しで俺のことを見つめていた。

やめてくれ。できなかったときに恥ずかしいだろ。

治癒魔術、治癒魔術、俺のイメージする治癒魔術はヒールとかそういう名前で代表されるゲームの回復魔法だ。使用することでヒットポイントをある程度回復させると言った感じ。しかしユーリアがアルルに使ったのは体力を回復させるものだった。どちらかと言うとスタミナを回復させる補助魔法って感じだろうか。

これまで魔力を操作してきた感覚と、旅の間何度もユーリアから治癒魔術を受けてきた感覚から、自分なりにそれを解釈すると、魔力を体力を回復する力に変えて、体の外側からじんわりと浸透させていくというものだ。力ずくで押しこんではいけない。怪我を治すときはまた違う魔力の使いかたをするが、今覚えようとしているのは体力を回復させる魔術だ。これでいいはずだ。

俺はユーリアの杖に魔力を通した。

杖は魔術の発動具だ。

ほとんどの魔術が発動具なしには発動できない。何故《なぜ》なら人は魔力を、魔力以外の力に変える器官を持っていないからだ。魔力は魔力のままでは、何をすることもできない。せいぜい他人《ひと》に流し込んで気持ち悪くさせる程度だ。しかし発動具を通じて、それを意味のある力に変換すると魔術が発動できる。

ユーリアの杖は同調型の発動具だと聞いた。魔力の変換が素直で、初心者から熟練者まで愛用する人の多いタイプの発動具らしい。その代わり術者の地の力に頼る部分が出てくる。俺のようにスキルがないのに魔術を使おうとしているような人間には向いていない。

そのわりに魔力はすっとユーリアの杖に行き渡った。自分の手足に魔力を移すのと変わらない感じだ。そしてそれをユーリアが使うような柔らかい力に変えて、そっと杖をユーリアに当てる。魔術に変わった魔力は杖から流れだすが、それはまるで体の中で魔力を扱うのと変わらないように動かせる。俺はその力でそっとユーリアを包み込んだ。

どうだろうか。自分ではできている気がする。気がするが目に見えないから完全に気のせいという可能性もあるのが怖い。

「ワン、ひょっとして、このままアルルや、セルルナにも、かけられる、のでは、ないですか？」

それはつまりこの魔術の範囲をさらに広げろってことだよな。

「ちょっと厳しいかな。一ヵ所に集まってくればなんとかできるかも」

「やってみて、ください」

簡単にそう言ってユーリアはアルルの元に歩み寄る。セルルナも興味津々と言った様子でふたりの側《そば》に寄った。

俺は三人の側に立つともう一度魔術を発動させた。必要なだけの魔力を杖に注《つ》ぎ込《こ》んで、三人を一度に魔術で包み込む。これくらいならなんとか制御できるみたいだ。もう少し範囲が広いと厳しいだろう。

「ワン、あなたが使っているのは、範囲魔術、です」

「えっ」

「効果はほんの少し、でも、確かに範囲治癒魔術、です」

「えっ、俺、なんかやりかた間違えた？」

「間違えた、というよりは、むずかしい、やりかたを、しています」

そうなのか。しかし魔術が発動したというお墨付きをもらって、俺はじわじわと胸の内に熱くなってくる何かを感じていた。レベル1、しかも上がらないという謎のハンデを持って異世界に召喚されてしまったものの、何もできないわけじゃない。少なくとも魔術を扱えることはこれで確定したわけだ。

「でも問題は、ない、です。ワンだけでも、この子の助けにはなる、でしょう」

「そうか、よかった。セルルナと契約したからな。治療できなかったらどうしようかと思った」

思っていたより時間はかかりそうだが、アルルの顔色も少しは良くなっている。最初の印象よりも重篤ではないのかもしれない。

「セルルナ、アルル、これからは時間を見つけて訪ねてくるようにするけどいいか？」

「いいも悪いもないよ。契約したんだからな。来てくれないとだめなんだぞ！」

「そうだったな。お前も悪いことすんなよ」

そう言ってセルルナの頭をポンポンと撫《な》でてやる。

「おう！」

元気のいい返事を聞きながら、俺とユーリアはセルルナとアルルの住む小屋を後にしたのだった。

第十二話　魔術士の杖《つえ》

「ワンの杖を、買う、ことが、必要ですね」

そうユーリアに提案されて、俺たちはアルゼキアのマーケットに戻ってきた。

「アレリア先生からもらったお金で足りるかな？」

「ちょっと見せてください」

ユーリアに小袋を渡すと、ユーリアがその中を検めた。

「安いものなら、なんとか、買えると思います」

「分相応ってところだな」

「そうですね……」

そう言ってユーリアは少し考え込んだ。

「ソラリネさん、の、お店に行きましょう」

ユーリアに手を引かれて向かったのはマーケットの屋台ではなく、大通りから一本外れた通りにある、少々古びた感じのある木造のお店だった。年季の入った看板には流暢《りゅうちょう》な書体で〝ソラリネ魔術用具店〟と書かれている。

ユーリアが扉を開けると鐘がガランと鳴った。

店内は意外と手狭で、カウンターの奥に雑然といろいろな物が置かれている。カウンターの内側に腰掛けた老婆がユーリアの姿を見つけると、目をしばたいた。

「おやおや、兎人《とじん》の大魔術士じゃないかい。杖の調子はどうだい？」

「いい感じ、です。ありがとうございます」

「今日は変わった連れと一緒じゃないか。レベル1とは、どんな契約に縛られているんだろうね。おやおや」

「なにか、わかりますか？」

「いや、このソラリネの鑑定でもわからないことはたくさんあるのさ。それにしても隠された契約とはね」

「ソラリネさんでも、見えません、か？」

「見えないね」

俺のステータスには、よくわからない意味を成さない文字列の契約が刻まれているのだそうだ。

ユーリアによると、店主でもあるソラリネさんは鑑定のスキルレベルが8もあり、アルゼキアの中でも一番高い。彼女が俺をここに連れてきたのはお世話になっている店というだけでなく、この契約について何かわからないかと思ってのことのようだが、残念ながら進展はないようだ。

アレリア先生は先代文明が独自に使っていた言語ではないかと言い、ソラリネさんは隠された、と言った。見解の違いこそあれど、俺が中身の見えない契約に縛られている、ということは間違いないらしい。

レベルが上がらない原因として一番考えられるのがこの契約だったので、せめてその中身を知りたいと思っているのだが、なかなか難しいようだ。せめて鑑定ができるようになって自分の目でその文字列を確認したいものである。

それからユーリアは俺が水系統の魔術を学びたいと考えていること、そのために杖を探しに来たことをソラリネさんに伝えた。

「レベル１で範囲治癒魔術ね。にわかには信じがたいが、ユーリアの杖も使ったんだって？ やってみな」

ソラリネさんに言われて、俺はまた治癒魔術を使うことになった。

セルルナのところでも結構魔力を使った感じはするが、別に体内の魔力が消費されているという感じはしない。これくらいの魔術ならいくらでも使えそうだ。

「なるほど。確かに範囲魔術だ。同調型が相性がいいのかね。反発型も見てみたいね」

そう言いながらソラリネさんはゴソゴソと奥の棚を漁《あさ》って、一本の木の杖を取り出してきた。長さは三十センチくらいだろうか。木の枝をそのまま加工して作られた物のようだ。

「同じようにやってみな」

言われて俺はその杖を受け取ると、ユーリアの杖にやったように魔力を流し込んだ。今度は手足のように魔力が通るということはなく、押し戻されるような反発を感じる。まさしく反発型と言った感じだ。同じようにというリクエストだったので、無理やり杖に魔力をねじ込んでいく。そして体力を回復させるイメージで魔力を魔術へと変換する。

「ほう。反発型も使いこなすじゃないかい。効果も少しはマシと言ったところだね。商売人としちゃ同調型と反発型と一本ずつ持つといい」

「魔術士としてはどうなんです？」

「坊主がまっとうな魔術士になりたいなら同調型、今すぐに少しでも強い力を使いたいなら反発型だね」

急ぐ理由はある。たとえばアルルの体調が急変したときにユーリアがいなければ、俺がその処置に当たることになるだろう。そのときに少しでも強力な治癒魔術が使えるに越したことはない。

だが使ったときの感覚で言えば、ユーリアの杖のほうが格段に使いやすかった。

「その、予算はこれくらいなんですけど、これで買える同調型の杖ってありますか？」

ごまかさずに持ち金を全部開示して素直に聞いてしまう。別に駆け引きができるわけじゃないし、杖を必要としたのもアルルに治癒魔術を施すためだ。

「なんだ。ユーリアが連れてきたのだからもっと金持ちだと思っていたよ。それだと、このあたりだね」

ソラリネさんが出してきたのはオンボロの明らかに誰かの使い古しとわかる木の杖だった。親指ほどの太さで、長さは先程の杖と変わりない。

「無花果《イチジク》の木の杖だよ。中古だが、状態は悪くないよ。お望みのとおり同調型さ」

「魔力を通してみてもいいですか？」

「どうぞ、壊さなきゃね」

最後の一言が気にかかったが杖を受け取って魔力を流すと、すんなりと魔力が流れる。治癒魔術を発動させて、ユーリアを包み込む。

「どうだろう？」

「うまく、扱えている、と、思います」

「ほいほいと範囲魔術をよくも使うもんだ。それでいいなら、この金は全部もらうからね」

「えっ、全部ですか」

「ユーリアの顔を立てて割り引いてそれだよ。嫌ならとっととその杖置いて出ていくんだね」

「いや、その、いただきます。この杖気に入りました」

嘘《うそ》じゃない。

他の杖を使ったことがほとんどないから比較にならないが、ユーリアの杖と比べても遜色がないほど体に馴染《なじ》む感じがする。まるで俺と出会うために用意されていたようなそんな気さえするくらいだ。

「そうかい、魔術士崩れのガキが借金の形《かた》に置いていった品が二束三文になって、あたしも満足だよ」

俺の感慨を返せよ。おい。

それで無一文になった俺は、ユーリアのお金でデートという気分にもなれず、結局彼女から水系統の魔術を教えてもらうことになった。場所は誰かの迷惑になってもいけないのでアレリア邸だ。

「わたしの迷惑は考えていただけないんでしょうか」

猫耳娘の声が聞こえた気がするが、そこは華麗にスルーしておこう。なんだかんだ言いながら、ユーリアの注文どおりに水を張った桶《おけ》を用意してくれるのだから、嫌われているというほどではないはずだ。

「水系統の基本は、水を操ること、です」

「なるほど」

「まずは、魔術で、水を、かき混ぜて、ください」

治癒魔術を使ったときに、魔術の基本的な感覚は摑《つか》んだ。体内の魔力はそのままでは何の役にも立たない。存在することは感じるが、ただそれだけのエネルギーだ。しかし発動具を通じることで、何らかの意味のある力に変換することができる。発動具と呼ばれているが、変換器と呼ぶほうが正しいのかもしれない。変換された魔力は魔術という形で現れる。どういう力に変換するかは自分のイメージでコントロールできる。そこは意外と曖昧な感覚でいいようだ。だから水をかき混ぜるというのなら、それこそ杖を使って水をかき混ぜるようなイメージで魔力を魔術に変換させればいい、はずだ。

果たして魔術は俺の思いどおりに発動した。

桶に張った水に杖の先でちょんと触れるだけで、水はゆっくりとではあるが、確かに水流を生んでぐるぐると回り始めた。

「すばらしいです。ワン。スキルがないとは、とても、思えません」

「そうですね。スキルなしでこれほどスムーズに魔術を扱える人はあんまりいないですよ」

「そういえばシャーリエは魔術は使えないの？」

「スキルなしですし、ワン様ほど流暢になにかできるというわけでもありませんので」

スキルなしで扱える魔術の範囲では、自分の手でしてしまったほうがよほど効率が良《い》いということらしい。確かに今やっていることだって、杖を直接桶に突っ込んでかき混ぜてしまったほうがよほど早いし、楽だ。

「レベル2に、挑戦、してみましょう」

ユーリアは意外とスパルタなタイプらしい。俺が簡単に水をかき混ぜられると見るや、難易度を上げてきた。

「ワンは魔力抵抗も、高かった、です。魔術に、特別な、才能があるのかも、しれません」

才能があると言われてしまってはやるしかない。何より治癒魔術と違って、魔術が発動して水が動いているのをこの目で見ることができるというのは、やはり感動だった。

「では、水を持ち上げて、ください」

「えっ」

「水を、空中に、持ち上げて、ください」

おおう、いきなり難易度が上がったな。水をかき混ぜるというのは杖を突っ込めば簡単にできたことだからイメージしやすかったが、水を持ち上げるとなるとどうすればいいのかまったくわからない。そういえば、以前ユーリアは空中に水を呼び出して、そのまま空中で維持していた。あれをやれということなのだろう。

しかしこれは水魔術と言うよりは、超能力の念動力のような気がするな。水が持ち上げられるなら、他の物でも持ち上げられそうな気がする。それとも俺が難しく考えすぎなのだろうか。

だが念動力のような魔術の使いかた以外に思いつかず、俺は架空の両手で水をすくい上げるようなイメージで魔術を発動させた。思いどおりに水は空中へと運ばれるが、やはりユーリアがやっていたのとは違う感じがする。具体的に言うと、あちらこちらから水がこぼれてしまっているのだ。

「ああ、絨毯《じゅうたん》が」

シャーリエの悲鳴をよそに、ユーリアが冷たく指摘した。

「ワン、それは、水系統の魔術ではない、です」

「あ、やっぱり」

自分でもなんとなくそんな気がしていた。だがやりかたの教授もなく、お手本もなしにとりあえずやってみろというユーリアの教えかたも悪い気がする。なんというか、ユーリアは天才型なのだろう。思うがままにやってみて、それでうまくいってきたタイプの気がする。

「風の、浮遊の、応用、だと思います」

「ええと、水を浮かせるのはどんな感じでやればいいの?」

「水にも、魔力を、入れる、つまり浸透させて、魔力操作、です。魔力操作の、できる、ワンなら、できるはずです」

また魔力操作か。これだけ魔力操作を使う機会が多いのに、魔力操作スキルのレベルが高い人が少ないというのも意外な気がするな。それともユーリアの使いかたが魔力操作を多用するやりかたなんだろうか？　確かに水を持ち上げること自体にあまり意味はないような気がするもんな。

じゃあ、今度はユーリアの教えに従って、杖から桶の水に向けて浸透させるように魔力を送る。

だが、魔力はうまく水に定着しない。ええと、魔力のままだとだめなのか。水を操作する魔術に変えて送り込むとうまくいった。

というか、これだとさっきのかき混ぜも水魔術じゃなかったんじゃないかな。たぶん、風魔術に近い使いかただったと思う。

つまり空間というか、空気に魔力を浸透させてそれを操作するのが風魔術、水に魔力を浸透させて操作するのが水魔術ということなんだろう。

それで浸透させた時点で魔術になっているから、それで魔力操作スキルは上がらないとか、そういうことなんだろうか？　この辺は考えてもしかたないな。今度アレリア先生の見解でも聞いてみよう。

余計な考えを振り払って、桶の水を持ち上げることに集中する。

全部は無理そうだったので、手のひらですくえるくらいの量にしておく。すると杖の先に追従するようにして、水の塊が宙に浮かんだ。かと思うと、すぐに桶の中に落ちてばしゃんと水しぶきを上げた。

「これ難しいな」

「難しいのは当然です。お願いですから、この先は土間でやっていただけませんか？」

シャーリエに涙目で頼まれて、俺たちはしかたなく場所を変えることにしたのだった。

第十三話　異世界の暦と年齢

「範囲治癒魔術か。風と水の複合魔術だよ。まったく君は器用なことができるんだな」

夕食の後、アレリア先生に今日あったことを報告すると、魔術の実演を求められ、返ってきた反応がこれだった。

「前にも説明したとは思うが、スキルというのは補助的な役割をするものだ。だからスキルがなくては魔術を使えないということはない。だけどね、実用的なほどに習得するには長い時間がかかるものだよ。普通なら諦める程度にはね」

「ユーリアもほとんど効果はないようなこと言ってましたよ」

「それでも病気で弱った子を手助けする程度にはなるだろう。だが君はずいぶんと安易に契約を結んでしまった。それは褒められたことではないな。私は神人《しんじん》以外に肩入れするなと注意しただろう？　君の立場は少し難しいものになったぞ」

「はい」

アレリア先生の言うとおりなので言い訳のしようもない。しかし奴隷に落とされるとわかっていてセルルナを官憲に突き出すのも嫌だったし、契約うんぬんを置いておいてもすでにアルルを見捨てる気はない。

「私は単なる施しを良しとはしない。それに外周街に援助しているとなれば、学会での私の立場も危ういものになる。アルゼキア王国の公式見解としては、外周街は存在していない扱いだからだ。つまり積極的に排除もしないが、援助もしないということだ。私の立場としては、外周街に住む、それも亜族の娘に施しをするなどあってはならない」

そこでアレリア先生は言葉を切ってお茶に口をつけた。

そして俺が何かを言おうとする前に、こう付け加えた。

「だが私は君がどこを出歩くかは知りもしないいし、普通よりも大食いで、食料を多めに消費することについてはしかたがない。私は君の生活を保障する契約を結んでしまったから、思っていたより出費がかさむことについては自業自得ということになるだろう。シャーリエ、明日からはワンくんのために弁当を作ってやれ。彼は二人前は食べるらしい。だが三人前はだめだ。いいね」

「承知しました。お館様」

「ありがとうございます。先生」

「礼はいらん。君の食事だ。君が食べる分を私が用意する。それだけのことだよ」

それからアレリア先生は学会への報告について簡単に教えてくれた。とは言っても代理人に報告をしただけで、それに対する返答が得られるまでは数日が必要になるとのことだった。

冒険者ギルドでも思ったが、この国はなんでもお役所仕事で時間がかかるようだ。

「魔物の脅威は相変わらず減っていない。いくつかの農村はだめになったという話だ。今年の冬は厳しいものになるだろうな」

「そういえば季節があるんですね」

「うん？　もちろんあるぞ。今は夏の下期で、もうすぐ秋の上期になる。収穫の時期までに魔物たちが魔界に帰ってくれれば、少しは収穫ができるだろう」

それからアレリア先生に暦について教えてもらった。

この世界にも四季が存在し、その一周期を一年と数える。

その周期はおよそ四百四十日だが、そんなことを気にしたり、知っていたりするのは一部の学者くらいのものだという。枕詞《まくらことば》にアレリア先生のような、とつけてもいいだろう。

そのうえ年齢を数えるという習慣は存在しない。

これはまず個人の成長度として、何よりもレベルが重視されていること、そして驚くべきことにステータスに年齢の項目が存在するにもかかわらず、それがこの世界の一年と同期していないことが原因らしい。なんか年齢って項目があるけど、一年の間に1から2くらい上がるもん、というのが庶民の感覚であり、アレリア先生に言わせると、おおよそ二百八十日で1上昇する生誕からの時間を計測する値である、ということになる。

よって年齢という謎のステータスは存在するけど無視するのが普通という風習になっているそうだ。

ちなみにその年齢によると俺は十六歳、アレリア先生は二十七歳、シャーリエは十一歳ということだ。どうやら俺の年齢の感覚とほぼ一致すると考えていいだろう。

まあ、これは余談だ。

とにかくこの世界にも季節があって、一年が存在する。

ではその一年をどうわけて考えるのか。

地球では一年を十二でわける。これは月の存在が大きい。月がおよそ二十九日周期で満ち欠けを繰り返し、およそ十二回の満ち欠けで、だいたい一年になるから、一年は十二ヵ月でわけられた。

しかしこの世界ではもっと単純なわけかたをすることにしたようだ。

この世界でももともと季節は四つにわける風習があった。一年は四つに分かれた。しかしそれでは長すぎるので、それぞれをさらに二つにわけた。その五十五日を、ひとつの期とするそうだ。

アレリア先生の説明なのでやたら細かいが、要は四季をそれぞれ五十五日の上《かみ》と下《しも》にわけている。ちなみに今は夏下《なつしも》の五十三日だそうだ。夏下は五十五日まであって、その次の日は秋上の一日となるから、アレリア先生の言ったとおり、もうすぐ秋になるというわけだ。

「君の世界では一年が三百六十五日だというのは本当かい？」

「はい。正確には三百六十五日と四分の一日です。四年に一度三百六十六日になります」

さらに正確を期すならば閏《うるう》秒《びょう》の話もしなければならないが、今はそこまで細かいことはいいだろう。

「確か君は、君の世界の一日は二十四時間で、その計測法ではこの世界の一日は三十時間前後だと言っていたな」

「ええ、かなりおおまかな計算ですけど、自分の実感としてもそれくらいで正しいと思います」

不思議なもので一日の長さが三十時間前後だというのにも慣れてしまった。時計を持っていなかったので、細かい違いを意識しにくいということもあるだろうし、日本に比べて時間のリズムがゆっくりしていて、たっぷり睡眠が取れるのも一因かもしれない。

「シャーリエ、紙とペンを」

「はい。お館様」

シャーリエが持ってきて紙にアレリア先生はスラスラと何やら計算式を書き始めた。

「ひょっとしてとは思ったが、ひょっとするぞ」

「どういうことですか？」

「我々が、つまりこの世界の人間がよくわからなかった年齢というステータスだよ。およそ二百八十日に1上がるその周期は、実際に経過する時間に換算すると君の世界の三百六十五日に酷似している。これは非常に興味深い。我々には意味のないものだが、君の世界の人間には意味がある。そんな数値がこの世界のステータスに刻まれているということだ」

「ちょっと待ってください。意味がよく」

「君は先代文明の遺跡に召喚された。ステータスは先代文明のころからあったと推測されている。そのステータスには君の世界を基準とした年齢という値がある。ここから推測できることはいくつもあるが……」

アレリア先生は紙から目線をあげて、俺のことをじっと見た。

「この世界の人間は、君の世界の人間が祖先なのではないかな？」

「そんな馬鹿なこと、だって俺の世界には神人以外の人種なんてありませんよ」

「それはこの世界に来てから分化した可能性もある。まあ、そうなると天球教会の主張する神人起源説が一部正しいということになってしまうわけだがね」

神人起源説とは本来、神によって創られた人類は神人だけであり、それ以外の亜族は罪を犯したものが神の罰によって神人以外の姿に創り替えられたというものだそうだ。

「我々はどこから来て、どこへ行くのか？　これは永遠の命題ではあるが、少なくともこの世界の人類がどこから来たのかの新しい一説にはなる。先代文明がなぜあれほどの文明を持ちながら忽然《こつぜん》と姿を消したのか。これも長い間謎だったが、ひょっとしたら彼らは君の世界に帰ったのかもしれない」

「いやいやいや、俺の世界に、別の世界を行き来するような技術はないですよ」

あるとすれば神かくしのようなオカルトの世界に足を踏み入れなければならない。

だが魔術をこの手で使える俺が、オカルトを否定できるのか、という疑問も生じる。

「少なくとも俺の世界に魔術はなかった」

あるとしても知られてはいなかった。それとも一般人には知らされていないだけで、元の世界にも魔術はあるのだろうか？　だとしてもステータスやスキルが知られていない理由にはならないだろう。

「まあ、あんまり考えこむことはない。あくまで説だよ。私は面白い説だと思うがね。それよりも君は早くステータスを見られるようになるべきだな。魔術は使えるのに鑑定はできないというのも不思議な話だけどね」

確かに考えてもしかたのないことだ。今はこの世界でどうやって生きるかのほうがよほど大事だし、差し当たってはアルルを治療してやらなくてはならない。そのためには治癒魔術がもっと使えるようになることが望ましいし、そのためにはレベルが上がってほしい。

「相変わらず俺のレベルは1のままですか？」

「そうだね。範囲治癒魔術を使えるレベル1だよ。なにかレベルが上がらない制限がかかっているとしか思えないね。やっぱり君のよくわからない契約がそれに関係しているのかな。鑑定スキルの高い誰かに見てもらうべきかもしれないね」

「そういえば」

ユーリアに連れられてソラリネさんという魔術用具店の店主にも鑑定してもらったことを話した。

「なるほど。ソラリネさんか。鑑定スキルがいくつかまでは知らないけど、長いことアルゼキアで商売をやってる人だよ。それなりの鑑定スキルがあるはずだ。その人でもわからないとなると、鑑定では見破れないのかもしれないな」

「ステータスが見られないのもその契約のせいですかね？」

「可能性はあるね。契約が履行されなければレベルが上がらないのか、それとも契約そのものによってレベルが上がらなくされているのか。もちろん契約とは関係がない可能性もある」

「俺はどうしたらいいんでしょう？」

「この世界に来てからまだ十日あまりだ。焦ることはない。せっかく魔術が使えるようになったんだから、どこかの病人でも練習台にしていればいいんじゃないかな」
確かにアレリア先生の言うとおりだ。
焦ることはないし、契約したのだからアルルの治療をしっかりやるべきだ。

第十四話　本当にスマホ？

「今日は体調がいいみたいだね」

「はい。咳《せき》もそんなに出なくって、こほっこほっ」

ひとりでアルルを見舞うようになって五日目。

暦は秋上《あきかみ》に入った。

ユーリアはフィリップさんらと共に魔物退治の依頼を受けて一時的にアルゼキアを離れている。魔物の脅威はまだ収まっていない。それとも収束に向かっているのだろうか？　アレリア先生の話では、エーテルの暴走が収まった影響が出始めるにはまだ少しの時間がかかるそうだ。

アルルの体調は悪くない。治癒魔術による体力の回復と、ちゃんとした食事は、明らかに彼女を快方へと向かわせている。問題があるとすれば、俺の治癒魔術ではユーリアと比べて効率が悪すぎることくらいだろう。ユーリアは数十滴《てき》ほどの時間で彼女の体力を回復させる。だが俺だと同じくらいの時間を使っても体力は1回復するかどうかだ。そして俺の集中力は何時間も続かない。もちろん元の世界の時間でも、この世界の時間でも、だ。

結局、集中力の続くかぎり治癒魔術を使い、休憩を挟んでまた治癒魔術を使う。そうやって彼女への治癒魔術を使うことに半日を費やしてしまうことが続いている。

「それでどうやって離れたところにいる人とお話ができるんですか？」

「スマホっていうのがあってね」

休憩時間の間はこうやってアルルから話をせがまれている。外の世界のことは何も知らない彼女だから、この世界の普通の話をしてやればいいのだけど、そういう話のネタは召喚されてからこの街まで着いたところで尽きてしまった。それ以来というもの、しかたなく地球の話を彼女に語っている。

もちろんそのためには俺が異世界から召喚されたということを説明しなければならなかったが、意外なほどあっさりと彼女はその話を信じてくれた。あるいは世間知らずな彼女だから不思議なことだとも思わなかったのかもしれない。

「これがスマホだよ。今は使えないけどね」

俺はポケットから充電の切れたスマホを取り出した。

「まるで魔法の道具ですね」

「たしかにそうだね」

俺は苦笑する。

言われてみればスマホがどのように動いているのかを気にしたことはない。電気で動いていて、電波で通話していることは知っていても、その詳しい仕組みなんかはさっぱりだ。できることが多すぎて、俺にとっても魔法の道具とでも言うしかない。

「まだ魔術具だったら使えたかもしれないけどね」

そんな軽口を叩《たた》きながら、ふと思い立ってスマホに魔力を流してみた。魔力が電気の代わりになるなどこれっぽっちも思わなかったが、これにも魔力は通るんだろうか？　という単純な好奇心だった。

効果はてきめんに表れた。

スマホの電源が入り、自動的にカメラアプリが起動したのだ。

「えっ？」

思わずスマホを取り落としそうになって、慌てて持ち直す。

魔力が通っている。しかも自動的に魔術が発動している気配がある。

「わっ、透明になりました」

アルルも驚きの声をあげる。

カメラアプリが起動して、スマホの向こう側を映し出しているので、確かに何も知らなければ、謎の板が透明に変わったように見えないこともないだろう。

「ちょっと待ってね」

俺はそう言いながら、スマホのホームボタンを押した。見慣れたホーム画面が表示される。

見慣れた？

背筋がゾクゾクとする。

俺は慌てて連絡先アプリを起動する。スマホが生きているのならば、連絡先アプリには俺に関係する人の名前がずらっと並ぶはずだ。

しかしそれは空回りな期待に終わった。俺のスマホの連絡先は空っぽだったのだ。

「なんてこった」

とんでもないぼっちだったのか、それとも初期化されてしまったのか。それから俺はいろんなアプリを起動してみたが、俺自身に関わるような情報を見つけることはできなかった。それから当然ながら通信を使うようなアプリは利用できない。アンテナを見ても圏外になっている。

「これじゃ使えるのはカメラとか、計算機くらいのものか」

あとはオフラインでできるゲームがいくつかインストールされている。暇つぶしくらいにはなるかもしれない。

俺はカメラアプリを起動しなおして、それをアルルに向けた。彼女の写真を撮って見せて驚かせてやろうと思ったのだ。

しかしカメラを彼女に向けた瞬間、俺はさらなる衝撃を受けることになる。

「アルル。レベル11。体力56、だって⁉」

カメラアプリはAR表示でアルルのステータスを映し出していた。

「アルル、アルル、俺が今言ったこと間違ってない⁉」

「ええ、はい。ワンさん。ステータスが見えるようになったんですか？」

「俺が、じゃなくて、スマホが」

俺ははっとしてカメラを自分の手に向けた。

ワン。レベル1。体力77。

その表示をタッチすると、さらに詳細なステータスが表示される。契約の項目には文字化けしたものが一件、アレリア先生と結んだもの、そしてセルルナと結んだ契約。スキルの項目は空欄。筋力とか敏捷性《びんしょう》なんかも表示されている。

そして何より目についたのが、レベルの表示が点滅していることだ。

俺は誘われるようにその表示をタッチした。

〝レベルを上昇させますか？〟

〝はい〟

〝いいえ〟

スマホの画面にそう表示された。

「選択式かよ！」

俺は思わず声をあげる。

俺は迷わず〝はい〟の表示をタッチした。レベルの表示が2の点滅に変わる。もう一度タッチ。はいを選択。3の点滅に変わる。

「アルル、俺のレベルは？」

「え、あ、はい。あっ、3になってます！」

もちろん俺のレベルが上がらないという事情を知っているアルルも驚きの声をあげた。

「そうだ。スキル。魔術士スキルだ」

レベルが上がったときに一番大事だと言われていたスキルの習得。特に魔術士スキルを得られるかどうかは俺の今後に大きな影響を与えることだろう。

スマホを操作して俺のステータスのスキルの欄を表示する。空欄だったそこには無数の点滅するスキル名が表示されていて、その一番上の欄にこう書かれていた。

〝スキルポイントを割り振ってください。(20)〟

「こっちも選択できるのかよ」

聞いていた話と全然違う。

いや、俺だけが違うのだろう。スマホを通さなければレベルが上がらず、その代わりスキルも自分で選択できる。

まるっきりゲームじゃないか。

俺は混乱しながらも、スキル一覧から魔術士スキルを選択し、習得した。スキルポイントは1減って19になった。魔術士スキルはまだ点滅している。さらに選択。魔術士スキルはレベル2になり、スキルポイントの残りは17になった。

どうやらスキルレベル1にするときはスキルポイント1を、レベル2にするときは2を消費するらしい。

俺は魔術士スキルの枝スキルである水を2まで上げ、さらにその枝である治癒も2まで上げた。これでスキルポイントは残りが11になったが、レベル自体もまだ上げられるようだからひとまずはこれでいい。

さらにレベルを2つ上げてスキルポイントが20あったということはレベル1つごとにスキルポイ

ントは10得られるということでほぼ間違いないだろう。

「アルル、俺のスキルは魔術士2の水系統2の治癒2で間違いない？」

「はい。間違いないです。すごいです。どうやったんですか？」

「どうやらこれのおかげみたいだ」

俺は立て役者であるスマホをアルルに示す。

「とにかく治療の続きをやってみよう」

スキルなしと、魔術士2、水2、治癒2でどれほどの違いが生まれるのか知りたい。

エリックさんから聞いた話では枝のスキルを使うときは、根のスキルを合算していいという話だった。だから合計レベル6の治癒が今の俺にはできるはずだ。

杖《つえ》に魔力を通したとき、何より驚いたのは、これまで感覚的にやっていた魔力の魔術への変換がより容易になっていたことだ。それに加えて、これまで範囲治癒魔術を使っていたのが、アルルにだけ治癒魔術を使うやりかたがなんとなくわかる。体の周りを覆うのではなく、体表、肌にしみこませるように使うのだ。

左手でスマホを持って、アルルのステータスを確認しながら治癒魔術を使う。

56だったアルルの体力は目に見えるスピードで回復していく。

これまで数百滴に1しか回復していなかった――と聞いていた――のが、今は数滴に1回復する。

アルルの体力を80まで回復させて、俺は一息ついた。疲れたのではなく、回復の速度が鈍化したからだ。体力の上限は１００だが、１００になることはまずないとも聞いていた。病気のアルルにしてみれば、このあたりが事実上の上限だということだろう。

「すごいです」

勢いよく言ってアルルは数度咳《せ》き込《こ》んだ。

「落ち着いて」

そう言いながら俺も落ち着かなければならなかった。

スマホでレベルアップうんぬんについて考えるのは今は全部後回しだ。そんなことよりも気になったのはスキルの治癒のさらに枝に発生した病魔治癒のスキルだ。

俺はスマホを弄《いじ》り、このスキルも２まで習得する。そしてアルルに病魔治癒魔術をかける。

だめだ。手ごたえがない。

効果がないことがわかる。

俺は魔術士スキルを３に上げる。

残りのスキルポイントは５。病魔治癒を３に上げようとしたができない。そうだ。枝のスキルは根のスキルレベルを超えられないのだ。

スキルポイントが足りない。

レベルを４に上げる。

水を３に、治癒を３に、そして病魔治癒を３に上げた。

残りスキルポイントは６。

まだレベルは上げられる。アルルの病気を治せるまでこの工程を繰り返すつもりだったが、ここで手ごたえがあった。

違和感はアルルも感じたようだった。

「え、ワンさん。あの、わたし」

「大丈夫だ。確信は持てないけど、アルルの病気は治った、と、思うよ」

「うそ……」

そう言って、アルルはなぜか泣き出してしまう。

「わたし、このまま、死んじゃうんだと……」

ずっと不安に思っていたのだろう。ユーリアや俺がこうやって治癒魔術をかけに訪れるようになったが、それでもユーリアは病気が治るかどうかは本人次第だと断言していた。

このボロ小屋で俺が持ってくる以外にはろくに食事も取れなくて、しかもそのことで家族にまで迷惑をかけて、このわずかレベル11で五歳の少女には現実はあまりにも過酷だったのだ。

俺は彼女の頭をゆっくりと撫《な》でながら、何度も大丈夫だよと繰り返したのだった。

第十五話　スキルポイント

「つまりそのスマホという魔術具で君は任意にレベルを上げ、そのうえスキルを選択できるというわけだね」

帰宅した俺のレベルが上がっているのに気がつくと散々問い詰め、その経過を教えたら、今度はなんでその場に同席させなかったのかと散々喚《わめ》き散らし、なだめすかしつつスキルポイントの話をしたらようやく落ち着いたアレリア先生はそう言った。

「スキルポイントか。一説ではあったが、これで確定したと見ていいな。もちろん君が例外だという可能性はあるが、これまでの実例とも矛盾していない」

ソファにふんぞり返るように腰を落ち着けて、アレリア先生は天井を見つめながらそう言った。

「レベルが１上がるごとに人はスキルポイントを10得る。そしてそのときに習得できるスキルから、極力ポイントを使い切るようにスキルを習得〝してしまう〟のが我々だ。さらに習得スキルはランダムだから、望みのスキルが得られる可能性は非常に低い」

「俺もこの一覧からランダムでスキルを習得と言われるとぞっとしますよ」

スマホに表示されているスキルには家事スキルのような日常生活にかかわるものから、学者スキル、これは俺がもともと学生だったからだろう。騎乗スキル、野営スキル、踏破スキル、果ては歩行スキルなんてものまである。

どうやらすべてのスキルが表示されているわけではなく、俺が少しでも関わったことのあるスキルだけが表示され、選択できるようだ。

「私はスキルを選べると聞いてぞっとしたがね。レベル4の病魔治癒魔術士くん。そもそも病魔治癒スキルなんて聞いたことがないぞ。私は」

「ユーリアも持っていませんでしたしね」

母親の看病をしていたというユーリアなら習得していてもおかしくはないスキルのはずだ。

それがアレリア先生ですら知らないとなれば。

「失われたスキルか、何か他に習得の条件があるのか。それで君はどうするつもりだい？」

「どうする、というのは？」

「レベルだよ。上がるところまで上げてみようとは思わなかったのかい？」

「30を超えるとアレリア先生との契約が終わってしまいますからね」

「賢明だ。そんなことしたら私は地の果てまで君を追いかけて解剖する」

「冗談ですよ。とりあえずアレリア先生の意見を聞いてからにしようと思ったんです。実際、生活のこともありますし」

レベル30を超えるとアレリア先生との契約が終わり、俺は先生から生活の支援を受けられなくなってしまう。いつまでも世話になるつもりはないが、今超えてしまっても路頭に迷うのは目に見えていた。

「とは言えどうしたものかな。29まで上げてしまうというのもひとつの手ではあるが、君は有名人とまでは行かなくとも、君のことを知っている人は知っているわけだしな」

「ええ、その辺も先生の意見が聞きたいと思っていました」

「レベル4まで上げてしまったのだから、そこはもうしかたあるまい。病気は治った。そのときに病魔治癒スキルを手に入れたという線で行くとして、なぜレベル4なのか言い訳を考えておく必要があるだろうな」

「違和感のないくらいまで一気に上げてしまいますか？」

「それだと30を超えてしまう。まあ今更契約が満了したところで君を放り出す気はないが、君のほうがなあ」

「どういうことですか？」

「だって君はユーリア嬢がこの街を離れると言ったらついていってしまうだろう？　私はまだまだ君から得られる知識が欲しい」

「ぶっちゃけますね」

「隠してもしかたないからな。切るカードを間違えたのはこちらだ。私としてはお願いするしかない」

「どうでしょう？」

　ユーリアは今は街を離れているが、近いうちにまた戻ってくるだろう。だが彼女らが今この街に拠点を置いているのは、魔物の異常発生で仕事が豊富にあるためだ。

「魔物のほうはどうなんですか？」

「今日の話では沈静化してきている。近いうちに脅威は去るだろう。連中だって好きでこちらにいるわけじゃない。なにせ食い物がないからな。魔界からの流入が止まれば自然といなくなる」

そうなればユーリアがこの街に滞在を続ける旨《うま》みはなくなる。そうなれば彼女らはより稼げる仕事を求めてどこかの街に移動することになるのだろう。

つまり俺はそのときまでにユーリアたちに付いていくか、それともこの街に残るかを選択しなければならなくなるのだ。もちろん彼らが受け入れてくれれば、の話ではあるが。

「アレリア先生には返しきれない恩があります。ここまで連れてきてくれて、自由にさせてもらっていますし」

「そう思うのならシャーリエと」

「お断りします」

ちょっと譲歩を見せるとすぐこれだ。

どうやらアレリア先生にとって、俺がこの世界の人類との間に子どもが作れるかどうかがとても大事なことであるらしい。

とは言っても俺のほうに親になる気がない。たとえ責任は取らなくてもいいと言われても、その子どもは間違いなく俺の子どもということになるのだ。しかもシャーリエの子どもであれば生まれつきアレリア先生の奴隷ということになる。俺は自分の子どもをそんな立場に置きたくはない。

「ひとまず俺がどうするかは考えさせてください。今日、明日、決めなければならないことでもないでしょうし」

　少なくともユーリアたちが街に戻ってくるまでは保留できる問題だ。

「そうだね。今日だけでも大きな収穫があった。スキルポイントの存在の確認ができたし、レベルとスキルを自由に選択できる魔術具があることがわかった。ワンくん、そのスマホ、少し借りてもいいかい？」

「いいですけど、壊さないでくださいね」

　これが本当に俺の知っているスマホと同一のものかはわからないが、これなしには俺はレベルが上げられないし、スキルも習得できない。

「受け取っておいて言うのもなんだが、他人《ひと》には預けないほうがいいぞ。あと、この存在もできるだけ秘匿するべきだ。世界中の人間が血眼《ちまなこ》になって君を追いかけ回すことになる」

「怖いこと言わないでくださいよ」

「冗談じゃないさ。スキルというのはそれだけ重要なことなんだ」

　アレリア先生はしばらくスマホを手の中で弄んでいたが、すぐに俺に返してくれた。

「どうやら私の魔力では動かないようだな。他の誰かでも試してみなければわからないが、君にしか扱えないようになっている可能性がある」

「そういう魔術具というのは他にもあるんですか？」

「発動具を特定の誰かの魔力に合わせて作るというのは珍しくない。奪われて使われないようにするための措置だ。時間と金がかかるから、貴族くらいしかやらないがね」

俺は手の中のスマホをじっと見つめる。〝見慣れた〟感じのするこれが、実際には得体の知れない魔術具だというのは不思議な感じだ。

「とりあえずレベルを上げるところを見せてくれないか？　まだ上げられるんだろう？」

「ええ」

俺はスマホを操作して、自分のレベルを5に上げる。レベルの表示は点滅したままだ。

「少なくともまだ上げられますね」

「こちらに来てからの経験だけでも、それくらいレベルは上がるだろう。それ以前からの経験も蓄積されているのであれば30は超えるはずだ。スキルポイントはどうなった？」

「16あります」

「確か上げるスキルレベルと同じ数のポイントを消費するんだったな」

「はい」

「うーん」

アレリア先生は腕を組んで天井を見つめる。

「試してみたいが、リスクが大きすぎるか」

「何をですか？」

「スキルレベルを11まで上げられるかどうかだよ。以前にも話したと思うがスキルレベルが11になったという伝説はあるんだ。これまでは眉唾だと思っていたが、信じている連中も多い。つまりレベルアップするときにスキルポイントが全部消費されないように他の経験を一切しない。そうすることで繰り延べされたスキルポイントによって、レベル11への道が開かれる。そういう考えかただ」

「ありえそうな話ですね」

「そうだ。私も宗旨替えしなければならないな。しかし、それを確かめるためには君に何かひとつでもスキルレベルを10まで上げてもらう必要が出てくる。それ自体はそう難しい話じゃないだろうが」

仮に新たなスキルを0から10まで上げるとして必要なスキルポイントは55だから、あと4つレベルを上げれば可能だ。11に上げるためにはもう11ポイントが必要なので、もう1つレベルを上げればポイントは足りる。

「目立つなんてものじゃないでしょうね」

「そうだな。この国にいる人間でスキルレベルが一番高いもので8だ。ふらっと現れた君がレベル1だったかと思ったら、いきなり何かしらのスキルレベルが10になったとなれば、国も学会も、教会も黙っていないだろう。あまり想像したくない未来予想図だ」

「気をつけます」

「そうしたほうがいい。現状でも君のスキル構成は異様なんだ。なにせ生活系のスキルが何一つないからね」

「不自然じゃないように取っておくべきでしょうか？」

「この世界に溶け込むためならそうするべきだろうが、スキルポイントは有限だ。君がどうしたいかよく考えたほうがいい」

結局その問題に行き着くわけだ。

「王国の魔術士としては、君には火と土を上げてもらって学会に推薦したいところではある」

「アルゼキア王国の一員になれということですか」

「立場上な。だが君はユーリア嬢が好きなのだろう？」

どストレートに言われて、思わず顔が熱くなる。

「いや、好きとか、まだそういうのじゃないですよ！」

「君の態度を見ていれば誰にでもわかるさ。君自身の自覚がどうであろうとね。そうなるとアルゼキアに留《とど》めるというわけにもいかないんだろうなあ」

「それはユーリアが兎人《とじん》だからですね」

「そういうことだ。アルゼキア王国では亜族の配偶者を持つことを許可していない。この国にいるかぎり、君が彼女と公式に結ばれることはない」

「そこまで考えているわけじゃないですけど」

結婚とか、いくらなんでも俺には早すぎる。そもそもユーリアとは付き合ってもいないのだ。

「なんにせよ、ユーリア嬢と一緒にいたいと思うならば、君は格好の力を手に入れたわけだ。水でなくとも、火でも土でも、どんな系統の魔術だろうと君は習得できるし、それに加えて戦士スキルを習得することだってできる」

「あっ」

言われてみればそのとおりだ。

魔術士スキルのことばかり考えていたが、スキルポイントを自由に割り振れるのであれば、戦士系のスキルに割り振ることを考えてもいいのだ。体は鍛えなければならないだろうが、技術だけはスキルで手に入れることができる。

「魔術剣士というのは中途半端の代名詞だが、君の場合はそうはならないだろう。戦士、武器、技、防具。レベル30まで上がるとして、これらを必要な程度にまで上げることができるだろう？」

計算するまでもなく、それくらいなら充分に足りるだろう。もちろんレベルが30を超えるとしてだけれど。

「だが学会の人間として忠告しておくと、なにもスキルは戦うためのものばかりではない。前にも言ったが魔力操作のスキルを上げるだけで一生食いっぱぐれることはないし、たとえば料理スキルを8程度まで上げれば、君の店に客が絶えることはないだろう。より安全な一生が保障される。それからこれが一番重要な話だが」

アレリア先生は一拍の呼吸を置いた。

「元の世界に戻りたいと思うならば、先代文明の究明に携わり、それに関するスキルを習得していくべきだ。君ならあの魔法陣を解析、再起動するためのスキルだって習得できるかもしれない」

その言葉は雷鳴のように俺の鼓膜を打ち、俺はしばらく何も考えられなくなってしまった。

第十六話　冒険者たちとの再会

それからの話をする前にアルルがどうなったかを話しておこうと思う。病魔治癒スキルによって病気が治ったアルルは翌日には起き上がれるようになり、今では元気に貧困街を他の子どもたちと走り回っている。

その噂《うわさ》を聞きつけた貧困街の他の病人も治療して回ることになってしまったのは避けられないことだったと思う。

無償で治癒魔術を使うことについて、俺はこの病魔治癒スキルの鍛錬だと説明しておくことにした。どちらにせよ、彼らは治療に対して払える対価を持っていなかった。

いつの間にか貧困街の人々が俺に向ける敵意は消え、彼らは喜んで俺を迎え入れてくれるようになっていた。

毎日街を出入りする俺を門番は胡乱《うろん》げにしていたが、レベルが上がり始めたことについては、素直に祝福してくれた。

毎日こうして貧困街に通っているにもかかわらず、レベルがまったく上がらないのもおかしいので、俺はレベルを徐々に上げ、今はアルルに合わせて12にしている。

そう、病気が治り外を出歩くようになったアルルはあっという間にレベル12になってしまったのだ。

そうして秋下《あきしも》の七日、貧困街から街に戻る門のところで俺はユーリアと再会した。

「みんな！」

ユーリアたち五人は皆疲れた顔はしていたが、誰ひとり欠けることもなく、大きな怪我《けが》をしている様子もなかった。

「ワン！」

俺の姿に気づいたユーリアが駆け寄ってくる。俺は習得してあった鑑定スキルでユーリアのことを見てみた。

レベル39、魔術士スキル8、水8、治癒5、その他にも風や土系統も習得している。驚いたのは料理スキルが6あることだった。道理でユーリアが作った食事が簡素でも美味《おい》しいわけだ。

ちなみにシャーリエの料理スキルは4だ。シャーリエの食事が美味しいのは食材補正が大きい。

「ワン、レベル、上がってます」

「ああ、上がるようになったんだ。アルルの病気も治したよ」

「すごい、です。やっぱり、ワンは、才能、あります」

ユーリアの称賛がこそばゆい。何かを自分の努力で成し遂げたというよりは、スマホの謎の機能で得た力で解決したからだろう。

それでもまあ、魔術士スキルや水、治癒のスキルが最初から選択できたのはユーリアに力を借りて練習していたからだ。

「ユーリアのおかげだよ。無事、魔術士スキルも取れたし、水系統も使えるようになったしね」

「本当に魔術士になるたー、大したもんじゃねーか」

「エリックさん。お疲れ様でした。今回の依頼はどうでしたか？」

「まあ、拍子抜けだったな」

彼らが受けた依頼は収穫期に向けて、魔物によって壊滅した村の奪還だった。

エーテルの暴走によって魔界から追い出された魔物はアルゼキアの領土になだれ込んだが、彼らが食べられる食糧はなく、飢えに苦しんだ結果、見境なく人間や家畜を襲うのだという。

最終的に魔物も飢えて死ぬ。しかし次から次へと魔界から魔物がやってくるため問題になっていたのだ。

「俺らがしたことと言えば、死んだ魔物の処理くらいのもんだ。あいつら煮ても焼いても食えないし、下手に死体をそのままにしておくと土がだめになっちまうからな。焼いて処理しなきゃならんのさ」

「村の方はどんな感じでしたか？」

「家畜はだめだな。みんなやられちまってる。麦はいくらか収穫できるかもしれん。育ちすぎてて食えるかどうかはわからないけどな」

「大変ですね」

「農夫たちはな。さすがに国も税を軽減するだろ。農夫は生かさず殺さずってな」

商家の出だけあって、エリックさんはそういうことにも詳しいようだ。

そうしているうちにフィリップさんや、ゴードンさん、ジェイドさんもやってきて、俺のレベルが上がっていることに祝福を述べてくれた。

本当にいい人たちだ。

「この様子ならすぐにレベルも30を超えてしまいそうだね」

「ええ、その後のことを考えなければいけなくなりました。それで、なんですけど」

ちょうどよかったのでフィリップさんに話を切り出す。

「皆さんはあとどれくらいアルゼキアに滞在するつもりなんでしょうか？」

「それなんだよね」

フィリップさんは頬を搔《か》いて、軽く目を閉じた。

「魔物の異常発生は収まりつつあると見てる。当然、僕らの仕事もなくなってくるだろう。もともとアルゼキアは冒険者にとってあまり旨《うま》みのある国じゃないんだ。僕らにはユーリアもいることだし、近いうちにもっと活動しやすい国に行こうかと思っている」

「やっぱり、そうですか」

フィリップさんがそういう判断を下すだろうことはだいたい想像がついていた。

「当然、ユーリアも一緒ですよね」

「……ユーリアはどうしたいんだい？　正直に言っていいよ」

ユーリアは困ったように俺とフィリップさんの顔を見比べていたが、迷う時間はそれほど長くなかった。

「おと、……皆と、一緒に、行きます」

父親との間でほんの少しだけでも迷ってくれただけで俺には充分だった。

俺はぎゅっと拳を握りしめ、自分の決断を反芻《はんすう》する。

「フィリップさん、俺も一緒に連れていってもらえませんか？」

「そんなに簡単に決めてしまっていいのかい？　冒険者というのは危険な職業だ。命を落とすのは珍しいことじゃない。君はアレリア先生に保護されて、魔術士スキルも手に入れた。安泰な将来が約束されていると言えるんだよ」

「わかっています。アレリア先生にも言われました。それに元の世界に戻りたいなら、この地に残って研究に携わるべきだ、とも」

そこは本当に悩んだのだ。

記憶を失っているとは言え、知識を失ったわけではないから、この世界の生きがたさは充分に理解している。身の安全という意味では日本に帰るに越したことはない。たとえ記憶を失ったままだとしても、警察に保護されれば俺の身元くらいは探しだしてくれるはずだ。

しかしアルルの治療に携わって、俺には俺の力があることを知った。ひょっとしたら俺にしかできないことがあるのかもしれないということも。

この力をより活《い》かすためならアレリア先生と共にいるべきだろう。世界のためというよりは、国家のためにということにはなるが、多くの人の力になれるだろうと思う。

しかし俺が助けたいのはもっと身近な人々だ。実際に関わった人たちだ。それはセルルナやアルルであったり、直接的な話であれば、フィリップさんたちだったり、いや自分の気持ちに正直になってしまうのであれば、俺はユーリアの力になりたいのだ。

自分が猫人《びょうじん》であり、なおかつ奴隷であることにも誇りを持っているというシャーリエは、ユーリアよりも年下でレベルも低いが、それでも確固たる自分というものを獲得していて、そのために生きる強さがあるように見える。

それに対してユーリアはいつも何かにおびえているように見える。それが彼女が兎人《とじん》であることに起因するのか、それともその出生か、あるいは共通語でうまくコミュニケートできないからかもしれない。とにかく俺の目から彼女は、生きづらそうに見えるのだ。

笑える話だ。

この世界のことを何も知らない俺が知ったようなことを考えている。しかしそれでも彼女に寄り添うことで何か助けになることができるのではないかと思うのだ。辛《つら》いときにひとりでいるより、誰かが側《そば》にいてくれたら少しは楽になれるだろう。ユーリアにとってのそんな誰かに俺がなれたらと思うのだ。

アレリア先生に指摘されたように、俺はユーリアに恋をしているのだろう。一目惚《ひとめぼ》れだったのかもしれない。その容姿は確かに俺の心を射貫いた。だがそれ以上に、この世界に召喚されて心細いときに一番親身になって側にいてくれたのがユーリアだ。そんな彼女に惚れないわけがないじゃないか。

「俺はユーリアが好きなんです。だから側にいたい。冒険者になってあなたたちに付いていきたい。お願いします！」

「ワン！」

ユーリアの体がびくっと跳ねた。その表情はフードに覆われて見えない。だが俺は少しは彼女のことを知っているつもりだ。きっと頬を真っ赤に染めていることだろう。

ピュウとエリックさんが口笛を吹いた。

「いいじゃねーか。フィル。魔術士がふたりいれば戦力的に充実するだろ。ユーリアが孕《はら》んだらワンがふたり分働くってよ」

「ちょっ！　エリックさん！」

なんでこの世界の人はそうすぐに子どもを作ることを考えるんだ。男と女がいればとりあえず作っとけ、くらいに思っているんじゃないだろうか。

「俺も賛成するぞ。レベル12で水の3となればかなり将来有望だ。治癒に、よくわからないが病魔治癒っていうのは病気を治すスキルなんだろ。こいつは千金の価値があるんじゃないか？　ほら、メネラシアの跡取りが奇病に冒されて治療法を探してるという話があっただろ。王宮魔術士も、薬《くす》師《し》も匙《さじ》を投げた、褒美は望みのままにってやつだ。ひょっとしたらひょっとするぞ」

「それは俺も興味があります」

俺の病魔治癒スキルがどれだけの病気を治すことができるのかはわからないが、少なくとも俺しか持っていないと思われるこのスキルが役に立つのであれば、皆の中の俺の評価も上がるだろう。もちろん報酬にも興味がある。

「…………」

ジェイドさんはいつもどおり何も言わなかったが、消極的か積極的かはわからないが賛成ということでいいだろう。この人は反対のときはちゃんとその意思表示をするからだ。

残るのはパーティのリーダーであるフィリップさんだが、

「みんながそこまで賛成とは思わなかったな。もちろん僕も反対じゃない。ただワンくん。君が自分の将来をきちんと考えているか知りたかったんだ。冒険者というのはそれほど望んでなる職業じゃないんだよ。普通の人は普通の親の元に生まれて親の職業を継いで普通に生きて普通に死ぬ。しかし冒険者になるとそんな人生は望めなくなる。もちろん異世界から召喚されてきた君が普通の人生を歩むのが難しいのは確かだ。だが君は魔術士スキルがあり、アレリア先生の後ろ盾も得ているだろう？　普通の人よりもずっと良《い》い人生を送ることが約束されていると言っていいんだよ」

「わかっています。アレリア先生にも諭されました。でも、さっきユーリアと再会したときに最近考えていたことが全部ぶっ飛んだんです。俺は彼女といたい。だめでしょうか？」

「だめじゃないさ。人生を決めるのに早すぎるということはない。だが君は一番大事な人の同意をまだ得られていないよ」

言われてようやく気がついた。

俺はすっかりユーリアはオーケーしてくれるものと思い込んで、とっくにその許可は得たものだと考えていたのだ。

冷水を浴びせられたように体温がさーっと引いていった。

完全に勢いだったとはいえ、告白してしまった。それもこんな衆人環視の中で。

ユーリアはどんな気持ちだろう。

俺の告白をどう受け止めてくれているだろう？

心臓がばっくんばっくんと鼓動を打つのが聞こえる。体は冷たいくらいなのに、顔だけはやけに熱い。

どれくらいの時間が過ぎただろうか？　返事をくれるのが遅くないか？

緊張に耐え切れなくなった俺が、自分から何か声をかけようとしたとき、ユーリアの首がこくんと動いた。

「わたしも、ワンが来るの、賛成、です」

体中が弛緩《しかん》するのを感じた。どれだけ緊張してたんだって話だ。

「でも……、好きとか、そういうのは、まだ、わからない、です」

そのままその場に崩れ落ちそうになる。

えっ、なにこれ、公開処刑されてる？

いや、待て、落ち着け。

「俺のこと嫌いってわけじゃないよね」

「もちろん、です。でも、ワンと、子どもを作るとか、そういうのは、わからない、です」

「ぶっ飛びすぎだー！」

もう本当にどうなってんの。この世界の人たち。俺のほうがおかしいの？　二つ目のおばけの昔話なの？

「そういうのは今はいいの。俺はただユーリアと一緒にいたくて、ユーリアもそう思ってくれてるか知りたいだけなの」

そりゃ手を繋《つな》いだり、キスしたり、なんならその膨らみを堪能《たんのう》したいという思いはあるが、それだとユーリアの言ってることと変わんねーな、チクショウ。とりあえずそんなのは全部置いておいて、俺が知りたいのはもっと純粋な気持ちなのだ。

「わたしも、ワンと、もっと一緒にいたい、です……」

脳が蕩《とろ》けるかと思った。

誰かの一言でこんなに幸せになれるものなのかと驚いたくらいだ。

俺は思わずユーリアの体をぎゅっと抱き寄せる。

「嬉《うれ》しい」

「わたしも、ワンの気持ち、嬉しいです」

俺の腕の中でもごもごとユーリアはそう言った。そう言ってくれた。

やった！　よかった！　完！

とはならないのが、現実の世の中だ。

「おふたりさん、そろそろ冒険者ギルドに報告に行きたいんだけどなー」

エリックさんの声に俺はばっとユーリアの体を離す。かぁと顔が熱くなる。

「まあ、ワンくんを冒険者として登録もしないといけないだろうし、アレリア先生に話を通す必要もあるね。とりあえずは街に入ろうか」

フィリップさんに言われて、俺はこくこくと頷《うなず》いた。

なんというか、ふわふわとして現実感がない。

隣のユーリアを見ると、彼女も何か足元が定まっていない様子だった。

俺と同じ気持ちなのだろうか？

俺と同じ気分なのだろうか？

そんなことを考えるだけで嬉しくなってくる。

アレリア先生はきっと愚痴を言うだろうけど、反対はしないと思う。あの人はいつでも俺の意思を優先してくれている。なんだかんだで注文はつけてくるけれど。

俺はニヤつく頬を抑えきれずに、フィリップさんたちの後を追うように街へと歩き出した。

第十七話　平穏な日々の終わり

太陽が南の空から上がり、夕刻になるとこの世界は一日のうちでもっとも明るく、暑い時間になる。天球と太陽の二つの光源に照らされるからだ。

この世界の太陽は俺の知っている地球の太陽よりもやや大きく、より熱いという印象がある。実際の大きさなど知るよしもないが、本当に大きいか、地球より太陽に近いかのどちらかだろう。なんにしても地球よりも直射日光がきついというわけだ。

だからだろうか、太陽が顔を見せると人々は仕事をやめ、どこかの軒先に入って余暇の時間を過ごすのがこの世界での流儀だ。冒険者ギルドの中もいつになく賑《にぎ》わっていた。というのも仕事を終えて帰還した冒険者たちがこぞって報告に押しかけてきていたからだ。

「こりゃ一筋縄じゃいかんな」

エリックさんが呆《あき》れたような声をあげた。

確かに冒険者ギルドのお役所仕事ではいったい何時間待たされるかわかったものではない。すべての受付カウンターがフル稼働しているにもかかわらず、普段はどこにいたんだと言いたくなるような数の冒険者がたむろしている。

「にじゅうさんばん〜！　にじゅうさんばんの方ぁ！」

受付嬢が声を張りあげ、ひとりの冒険者がやれやれと椅子から腰を上げる。

フィリップさんが苦笑ぎみに番号札を掲げてみせる。そこには43番と書かれていた。

「いつもはこんなに混んでいないんだけどね。間が悪いというか。ワンくんの冒険者登録は明日にしたほうがいいね。ここは僕が並んでおくから、皆は宿に戻っていていいよ」

「そっか、助かるぜ。ワンはどうする？　一緒に飯でも食いに行くか？」

せっかくの誘いだったが、晩飯はシャーリエが用意してくれているはずだ。それにこういうことになったことをアレリア先生に報告もしなければならない。

「いえ、今日はアレリア先生のところに帰ります。明日、宿に行けばいいですか？」

「おう、それでいいぜ。宿は知ってんな？」

「いつものところですよね」

「おうよ。別に明日出発ってわけでもねーからのんびりな。あんまり朝早く来られても困るぜ」

「ユーリアもそれでいい？」

「はい。ゆっくり、来て、ください」

冒険者ギルドの前で別れを告げて、手を振るとジェイドさんを除いて皆で手を振り返してくれた。まあ、ジェイドさんのリアクションを求めてもしかたがない。とは言え、本当は手を振ればよかったとか考えていそうだ。とにかく不器用な人なのでその辺は気にしてはいけないのだ。

というより、正直、まったく、これっぽっちも気にならなかった。

ユーリアに手を振って、ユーリアが手を振り返してくれた。

それだけで俺は舞い上がってしまっていて、皆の姿が見えなくなるくらい遠くなると、人通りのある路地を思わず全力疾走してしまった。心のなかがカーッと熱くなって、思わず走らずにはいられなくなってしまったのだ。息が切れるまで全力で走って、膝に手をついてゼーゼーと息を整えながら、それでも頰がにんまりするのを止められなかった。

まだユーリアの体の熱を感じられる気がする。その柔らかさが肌に張り付いている。抱きしめたときに鼻をくすぐる耳のもふもふとした毛のことや、旅を終えたばかりで汗の匂いのその体臭でさえ愛おしく感じられた。

ふわふわとした足取りでアレリア邸に帰りつくと、息せき切ったシャーリエが階段を駆け下りてきた。そういえば彼女を初めて見たときもこんなふうだったなと思う。彼女は俺の姿を認めると、ほっと安堵《あんど》の息をつき、それからその顔をブルブルと横に振った。

「ワン様、ちょうどよかった！　探しに行こうと思っていたところなのです！」

かつてない剣幕でまくしたてられ、俺のほうがびっくりする。

「探しにって、いつもどおりアルルのところに顔を出していただけだよ」

「それどころではないのです！　たった今オブライエン様の使者が参られて、お館様が天球教会に捕らえられた、と！」

はい？

思考が停止するとはまさにこういうことを言うのだろう。シャーリエが何を言っているのか理解できない。

未《ま》だユーリアの余韻を引きずっていた俺はオブライエン様って誰だろう？　とか考えていた。

「――えっ、今、なんて？」

「お館様が天球教会に異端として認定され捕まった、と！　今すぐここを離れなければわたしたちも捕らえられてしまいます」

そう言いつつ、階段を降りきったシャーリエは俺の手を引いて館の出口に向けて引っ張った。

「冗談、だろ」

あまりに急な話の展開に頭がついていかない。

そもそも天球教会に異端と認定されて捕まるとどうなるのだろう？　それになんで俺たちまで捕まらなければならない？

疑問符ばかりが頭の中を駆け巡り、俺はシャーリエに引っ張られつつもその場に立ち尽くしていた。

「オブライエン様は冗談でもそのようなことをされるお方ではありません。実はわたしもお館様よりいざということがあればワン様を安全な場所にお連れするように言われているのです。ですから、今はわたしに付いてきてください。一刻も早く！」

まくしたてられて、ようやく俺の足は動いた。シャーリエも俺が動き出したことに安心したのか、手を放す。

館を出ると太陽は天球の陰に入り、天球がやや輝きを失い始めた頃合いだった。もうすぐ夜がやってくる。

「安全な場所っていったいどこなの」

「今はお教えできません。いいですか、平静を装ってください。人ごみに紛れますから」

道を行く人たちと歩調を合わせ、いかにも帰宅する途中の奴隷と主人と言った風で俺たちはアルゼキアの中を歩いた。平静を装えと言われたが、平静ってどんな感じでいればいいのかわからない。きっと俺の顔は緊張で強張《こわば》っているはずだ。

街の様子はいつもと変わりない。平和で、少し騒がしい、いつもの夕刻の時間があたりを流れている。帰宅する人、酒場に向かう人、様々な様子の人々の中を俺はシャーリエが小声でくれる指示に従って歩いた。

この世界の基準で二時間ほども歩いただろうか。夕闇は深まりを見せ始め、人通りも途絶えてきた。シャーリエはあたりを気にするように、きょろきょろと周囲を見回すと、一軒の館の扉を叩《たた》いた。

しばらく間があって扉が開かれた。そこにいたのはひとりの初老の男性の奴隷でステータスによると名前はオルソンだった。契約によればチャールズ・ビクトリアスという人の奴隷のようだ。ということはここはそのビクトリアスという人の館なのだろう。館の造り自体はアレリア先生宅とそれほど変わらないが、内装がやや豪華であるように見える。

「アートマン家の奴隷シャーリエです。ビクトリアス様の庇護《ひご》を求めて参りました。お聞き及びでしょうか？」

「旦那様からこういう来客があるかもとは聞いていましたよ。どうぞ中へ。ゆっくりとお持て成しをできる様子ではないようですな」

「まずはどこかに匿《かくま》っていただけないでしょうか？　天球教会から追われているのです」

「それでまあ、よくも当家に逃げ込もうなどと考えましたな」

オルソンさんは目を丸くして、それでも俺たちを迎え入れてくれた。

「旦那様は外出中ですがじきに戻られるでしょう。匿うというのであれば旦那様の工房がよろしいでしょうな。地下になりますが、よろしいかな？」

「魔術士様の工房に匿っていただけるならば、これほど心強いことはありません。どうかよろしくお願いいたします」

オルソンさんに案内されて、俺たちは館の地下にある工房とやらに連れていってもらった。

そこは工房という言葉から想像される空間とはまったく違っていた。

アレリア邸で俺に与えられた一室くらいの大きさだろうか。むき出しの地面に、デッキチェアがひとつあるだけだ。

「おふたりの椅子を運び入れますので少々お待ちを」

そう言って壁に松明《たいまつ》を残してオルソンさんは姿を消した。

後に残されたのはシャーリエと、未だもってまったく訳がわかっていない俺だけだ。

「シャーリエ、ここは？」

「学会の魔術士であるビクトリアス様のお屋敷《やしき》です。ビクトリアス様はお館様と大変意見が合わず、学会では犬猿の仲だと聞いております。しかしお館様は身を隠すならビクトリアス様を頼れとおっしゃっていました」

「天球教会と反目しているとか？」

「いいえ、ビクトリアス様は天球教会の信者でいらっしゃると聞いています。しかしお館様がおっしゃるのですから何か考えがあってのことでしょう」

程なくしてオルソンさんが簡素な木の椅子を二脚運び込んできてくれて、俺たちはようやく腰を落ち着けることができた。

それから一時間も待つことなく、チャールズ・ビクトリアスは俺たちの前に現れた。

「やあやあ、今日は面白い客人がいると聞いてきたよ。君たちがアレリアの関係者か。なるほど。契約を見れば一目瞭然というわけだな」

チャールズ・ビクトリアスに対する第一印象は軽薄そうな青年という感じだった。レベルは56、一応年齢を言っておくと二十五歳だ。土に特化した魔術士で、魔術士スキルが5、土が4、火の2もある。アレリア先生から聞いていた典型的な王宮魔術士の特徴に一致する。

「ビクトリアス様、ご迷惑を掛けて大変申し訳ございません。しかしながらわたしも事の詳細は聞かされておらず、ただただお館様の命に従いお訪ねした次第でございます」

「いやいや亜族の奴隷ちゃんにしては賢明な判断だったよ。今頃アレリアの家は隅々まで調べつくされていることだろうからね」

「あの、何があったのかお聞きしても？」

「いいよ。傑作だったから、僕も誰かに話したくてしょうがなかったところなんだ。事の始まりはいつものアレリアの新説発表からだったね」

四日前のことらしい。アレリア先生はひとつの学説を学会で発表した。

それはこの世界の人類が彼らの信じる神の手によって創られたのではなく、先代文明によって別の世界からやってきたというものだった。俺からすれば自分のことがあるので否定しきれない説だが、この世界の人々にとってはそうではなかったようだ。何故《なぜ》なら神人《しんじん》は神によって神の似姿としてこの世界に創り出されたというのが当然の認識だったからだ。

現代の地球でもキリスト教圏ではそういう考えかたが根強く、学校でも進化論を疑わしく教える地域もあると聞いたことはある。先進国の筆頭と言えるアメリカですらそういう地域があるのだ。当然進化論など存在もしないであろうこの世界で、神人を自称する人々が自分たちを、彼らの信じる神がその似姿としてこの世界に創りだしたと考えるのは当然のことだろう。

アレリア先生の説は激しい反発を受けたが、先生はひとつの証拠を持ってそれに対抗した。

つまり、彼女は先代文明の遺跡でひとりの神人が現れる様を目にした。彼は別の世界からこの世界に渡ってきたのだ。そしてその証拠として一枚の紙切れを提出した。現代のこの世界では作りようのない精密な文様が描かれた一枚の紙片。それは確かに先代文明か、あるいはそれに類する文明のものだと推察された。

俺が慌てて財布を探ると千円札が一枚姿を消していた。

いつの間に！

相変わらず手癖の悪い人だ。

我々の祖先である先代文明人は異世界からの来訪者であり、神による創作物などではない。アレリア先生はそう断言し、その来訪者の知識として、先生は俺の教えた進化論をぶちまけたそうだ。我々は猿の系統の生き物であり、尻尾のない猿であり、いわば猿人《えんじん》である、と。

学会は紛糾し、とにかくアレリア先生は退出を命じられたらしい。

そういえばやけに機嫌の良《い》い日があったが、あれがその当日ということになるようだ。

とにかくその一件は学会の範疇《はんちゅう》に収まるどころではなく、教会の知るところになり、今日の学会の最中にアレリア先生は天球教会の兵士によって異端として捕らえられて行ってしまったそうだ。

「そういうわけで天球教会は血眼《ちまなこ》になって君たちを探している。特に別の世界から召喚されてきたという君を、だ。ワン少年」

「捕まれば俺はどうなりますか？」

「アレリアは異端として大々的に処刑されるだろう。今年はいろいろあって民衆の怒りの矛先が必要だ。国にとってもアレリアの犠牲で民衆の不満が抑えられるなら喜んで処刑に協力するだろう。だが君は確かに異様だ。本物の異端だと言っていい。そうなると教会は君を民衆の目に晒《さら》すのも恐ろしいということになる。彼らが何より恐れているのは、アレ、リアの説が正しいことだからね。君は即座に殺され、証拠隠滅というのが僕の予想だな」

「それでなぜあなたは俺たちを匿ってくれるんでしょうか？」

「おや、僕が一言でも君たちを匿うなんて言ったかい？」

「えっ」

ぞっとするものが背中を滑り落ちる。

しかしそんな俺の様子を見てビクトリアス氏は意地悪く笑った。

「冗談だよ。冗談。その顔が見たかっただけなんだ。許してくれ。くっくっ。僕は君たちを匿うよ。当たり前じゃないか。アレリアがそんな説をぶちまけるに至ったその理由を僕も知りたいんだよ。猿人か、猿人ね。実に苛立《いらだ》たしい説だが、君の存在は面白い。あの紙切れを僕も見たよ。確かに今の技術では作れないものだった。先代文明の遺産があれほどの状態で残っているはずがない。僕は君についてもっと詳しく知りたいよ」

俺は理解する。

この人はアレリア先生と同類なのだ。未知を味わい尽くさなければ気が済まない人種。だから彼は俺が殺されることを望まない。彼が俺を天球教会に引き渡すとすれば、俺から得られる知識がもうなくなったと判断したときだろう。少なくともそのときまで俺の身の安全は保障されるというわけだ。

「心配しなくとも天球教会はここにはやってこないよ。これでも表向きは敬虔《けいけん》な天球教会の信徒なのでね。アレリアとの関係も教会はよく知っている。まさか君らがここに逃げこむとは塵《ちり》ほども思っていないはずさ。君たちにはちゃんとした客室を用意しよう。それから話を聞かせてくれないか？　じっくりとね」

とにかく話は翌日以降ということになり、俺には客間が用意され、シャーリエには物置が用意されそうになったので、しかたなく俺の部屋に寝泊まりさせることで話をつけた。ビクトリアス氏は少し渋ったが、やがて肩をすくめて許可してくれた。どうやら俺とシャーリエの関係を誤解したようだが、この場合は好都合だ。

「わたしは物置でもよかったのですけれど」

「俺が嫌だったんだよ」

アレリア先生のところではシャーリエにもちゃんと部屋があった。そんな生活をしていた彼女に物置は堪えるだろう。本人がいくらいいと言っても、俺が嫌なものは嫌なのだ。それにビクトリアス氏は話のわかる人だ。と、思う。天球教会の信者であることはシャーリエに対する反応や、神人の奴隷しか雇っていないことから確かのようだが、それ以上に知識欲が優《まさ》っているようだ。俺の機嫌を損ねて話を渋られるのが嫌なのだろう。だとすればそれを最大限利用するだけだ。

「問題はいつまでもここにいられないってことだな」

「わたしはお館様が心配です」

「もちろんそっちのほうが優先課題だね」

ビクトリアス氏の話しぶりからするにアレリア先生の処刑はもはや既定事項であるらしい。学会や王国から救いの手が差し伸べられることも期待できそうにない。だとすればもはやできることは何もないように思う。

それからユーリアたちだ。

彼女らはこの知らせを知ったらどう思うだろうか。

今日、仲間になると話をしたばかりなのに、数時間後の今は俺はお尋ね者だ。しかも見つかれば即座に殺されかねないらしい。

俺は両手をぎゅっと握りしめる。

あまりに現実感がなさすぎる。

この世界に来てからこっち、現実感なんて言葉からはずいぶんと遠のいた気がしていたが、それなりにこの世界に適応してきたところだったのだ。それが一瞬にしてパーになった。いや、この場合はマイナスもいいところだ。

「何かできることはないか」

「わかりません。わたしには何も思いつきません」

アレリア先生を見捨ててなんとか逃げ出すしかないだろうか？

それはすごく嫌な考えだった。

じゃあアレリア先生を助けるか？　どうやって？

「でも、でも、なんとかしないと」

顔を上げるとシャーリエがポロポロと涙をこぼしていた。

俺より遥《はる》かにアレリア先生との付き合いの長いシャーリエが受けているダメージは計り知れない。幼いころからずっと一緒だったのだ。

その泣き顔を見て決めた。

決断を下すのは自分でも意外なほどに簡単だった。

このままではどうせ手詰まりなのだ。やれるだけやってやる。

切れる手札をすべて切って、アレリア先生を救い出し、シャーリエと共にこの国を脱出するのだ。

「シャーリエ、アレリア先生を助けだそう」

第十八話　盗賊ワン

アレリア先生を助けだすと決めた。

そのために必要な物は何だ？

俺の切れる手札はある。レベルとスキルだ。

俺はスマホを操作してレベルを上げられるところまで上げた。

レベルは41で止まる。意外なことにユーリアよりもレベルが上がってしまった。

割り振れるスキルポイントは３７５になった。問題はこのスキルポイントで何のスキルを習得するか、だ。

俺はスマホに表示される習得可能なスキル一覧を眺めていった。

自分でも不思議なことに戦士スキルは習得できる。元の世界で何か武道に関わることがあったのだろうか。武器スキルとしては長剣スキルと短剣スキルが表示されているが、これらは戦士スキルを先に習得しなければならない。少し考えたが、戦士スキルはとりあえず見送ることにした。アレリア先生を救い出すのに、何も事を荒立てる必要はないからだ。

俺の目を引いたのは盗賊スキルだ。こんなスキルを習得できるとか、自分はどんな人間だったのかと疑いたくなるが、一覧にあるものはしかたがない。杖スキルとして表示されている鍵開けあたりがヒントのような気がする。子どものころに簡単な錠前を開けられないかと針金を突っ込んだりしたのではないだろうか？　やってそうな気がする、というか、スキルが表示されていること自体が答えだ。その他に盗賊スキルの枝スキルとして潜入や暗視とステータス偽装がある。暗視も暗闇で目を凝らそうとすれば簡単に習得条件は満たせそうだ。案外この世界では盗賊スキル自体は持ち主が多いかもしれない。

そして一番気になったのはステータス偽装だ。

これはどういうスキルなのだろうか？

「シャーリエ、ステータス偽装ってスキルを聞いたことはある？」

「いいえ、そんなスキル聞いたことありません」

どちらにせよ潜入や暗視、鍵開けはどれも必要になるだろう。俺は盗賊スキルを習得して、ステータス偽装も習得してみた。

うん？　特にそれだけで何かが起きるわけではないようだ。俺はスマホに表示されたステータス偽装のスキルをタップしてみた。

〝偽装するステータスを選択してください〟

なるほど。こうやって偽装できるのか。とりあえず俺は名前の表示をワンからアインに変えてみた。

自分を鑑定してみたところ、ステータスの名前欄はアイン（偽）になっている。

「シャーリエ、俺のステータスはどうなってる？」

「ええっと、ええー、もう驚きませんよ。お名前がアインに、しかし隣に偽であると、それからワンとも読み取れます。こんなことしてたら、それだけで捕まって大変なことになってしまいますよ」

「それはもう今更だからね」

鑑定のスキルが1の俺からは本当の名前までは表示されていない。だが偽の名前であることはわかる。鑑定スキルが3あるシャーリエからは本名まで見えている。俺は盗賊スキルを上げ、ステータス偽装のスキルを3まで上げてみた。

「これでどうなった？」

俺からは完全にアインにしか見えなくなった。

「アイン、偽、になりましたね。鑑定スキルと連動しているのでしょうか？」

シャーリエも気づいたようだ。

ということは、この国で一番鑑定スキルの高いとなるとソラリネさんの8ということになるだろう。アレリア先生がこの国ではスキルレベルが8が最高だと言っていた。

「9まで上げればひとまず名前で見つかることはなくなるな」

そのためには結構なスキルポイントをつぎ込まなければならないが、必要経費だ。アレリア先生を救い出すために動きまわるに当たって、名前で見つかってしまうのは避けなければならない。逆に言えばステータス偽装が知られていないスキルであるなら、名前さえごまかせればあとはなんとかしらを切れるだろう。

俺は盗賊とステータス偽装のスキルを9まで上げ、ついでに盗賊スキルとステータス偽装のスキルが表示されないようにした。ついでにステータス偽装は、習得できるがしていないスキルをあたかも習得しているように見せかけることもできるようだ。せっかくなので生活系の今は無駄なスキルをたくさん表示させておく。

暗視と鍵開けは必要になったらそれだけ上昇させればいいだろう。逆に言えば、スキルポイントは残しておかなければならない。問題は潜入だ。どれくらい上げておけばいいのかわからない。だが確実に事を成し遂げるためだと考えれば9まで習得するのが当然に思えた。

残りスキルポイントは285。まだ余裕があるように思える。

俺は潜入スキルを9まで習得した。もちろんこれらのスキルをステータス偽装で隠しておくことも忘れない。

盗賊とその枝スキルはこれでおしまいだ。他にも枝スキルはあるに違いないが、表示されていない。たとえばスリとかありそうなものだが……。

あるのなら取っておくに越したことはないだろう。

たとえば衛兵が牢屋《ろうや》の鍵を持っていて、それをすり盗《と》るチャンスがあるなら、それを逃すわけにはいかない。

「シャーリエ、この財布をちょっと服のポケットに入れてみて」

「ワン様、いえ、いいえ、もう何も言いませんよ」

シャーリエがおとなしく従ってくれるのがありがたい。

「で、そこに立ってあっちを向いて、そう、そのまま」

そうやってシャーリエを立たせて、俺はそのポケットに手を突っ込んで財布を取ってみた。

「ちょっと、ワン様！」

「ごめんごめん。でもやっぱりあったな、掏摸《すり》スキル。これもきっと何かのスキルの対抗になってるんだろうな」

「ですと、そうですね、探知スキルあたりでしょうか？」

「そのスキルも一覧にあったな。ええと、狩人《かりゅうど》スキルの枝スキルか」

「掃除スキルの枝スキルでもありますね」

「ああ、それで習得条件満たしてるのか」

なんとも落差の激しい話だ。

「これはどういうスキルなの？」

「ざっと言えば、あたりに何があるかを読み取れるようになるスキルです。周辺に敏感になるというか。わたしたち猫人《びょうじん》などはスキルなしでも、探知スキル3相当なんて言われています」

「まあ天球教会に猫人の衛兵はいないだろう。潜入も探知スキルの対抗っぽいな」

逆に言えば探知スキルも持っているほうが良さそうだ。

俺は少し考えて掏摸スキルを7、狩人スキルと探知スキルを8まで上げた。狩人と探知は完全に隠すことはせずに、スキルレベル2と表示させておいた。

「なるほど。これはすごいな」

俺とシャーリエがいるのはビクトリアス氏から割り当てられた二階の一室なのだが、三階にいる誰かの気配が読み取れる。おそらくビクトリアス氏であろう。なにやら部屋の中を歩きまわっているようだが、何をしているんだろうか。

階下の使用人たちの動きもわかる。

さすがにじっとしている人間を探知することは難しそうだが、動き回っている人間ならかなりの範囲で読み取れるようだ。

「よし、なんだか行けそうな気がしてきたぞ」

気分は潜入系のアクションゲームだ。違うのは相手がゲームのAIのような無能ではなく、現実の人間だということだろう。

「ちょっと試してみるか。シャーリエ、君はこの部屋にいてね」

「構いませんが、何をお試しになるのかお聞きしても？」

「今習得したスキルで、この屋敷《やしき》内を動き回れるか試してみる。見つかってもこの屋敷の中なら言い訳が利くだろ」

「わかりました。うまくいくことをお祈りしております」

「ああ、頼んだよ。ところでどの神に祈るのか聞いてもいいかい？」

「ありとあらゆるものの中にあるすべての神にです」

「八百万《やおよろず》の神々というわけだ。いいね。俺もそのほうが好きだ」

結果から言うならば首尾は上々だった。俺は四人いる使用人たちの誰に気づかれることもなく一階を動き回れたし、厨房《ちゅうぼう》から白パンをひとつ拝借してくることもできた。

部屋に戻って、今度はシャーリエを連れて出る。目標は二個めの白パンだ。

今度はさっきほど簡単ではなかった。潜入スキルのないシャーリエを連れて一階に下りようとすると頭の中でストップがかかるのだ。どうやら潜入スキルは同行している仲間が見つかることも予測してくれるらしいが、潜入スキルそのものが同行者に適用されるわけではないようだ。しかしそれはシャーリエを抱きかかえて、彼女に息を潜めてもらうことで解決できた。シャーリエが余計な動きをしようとしなければ、楽々と厨房まで侵入できる。

「問題はアレリア先生を抱きかかえて運ぶわけにはいかないってところだな」

小柄なシャーリエと違って、アレリア先生は俺と背丈が変わらない。抱きかかえるにせよ、背中に負うにせよ、それだけで一苦労だ。

そんなことを思いながらスキル一覧を眺めていると、新しいスキルが習得できるようになっていることに気がついた。

「誘拐スキルかよ。本格的に極悪人になってきたな」

盗賊スキルの枝スキルとして誘拐スキルが習得できるようになっていたのだ。これはシャーリエをこっそり運搬したことが原因だろう。しかしやろうとしていることはまさにそれだ。俺は誘拐スキルを8まで習得する。

これで残りスキルポイントは１０４だ。いざというときのことを考えたら、これ以上のスキルは習得しておけない。

っと、よく見たらまたレベルが上げられる状態になっている。いろいろ試行錯誤しているうちにレベルアップ条件を満たしていたみたいだ。レベルを上げて42に。スキルポイントの残りは114になった。

「しかしどうせなら怪盗スキルとかのほうがよかったかな。それだと予告状を出さないといけなくなるか」

「なぜ怪盗スキルだと予告状を出さないといけないのかわかりません」

そこはそれ、ロマンというものだろう。俺にも理由はよくわからない。

「で、アレリア先生が捕らえられているとして、そこが教会の地下牢というのは間違いない？」

「確証はありませんが、教会に異端者を捕らえておくための地下牢があるのは間違いありません」

「教会というのは大通りに建っているやつだよね」

「ええ、はい。しかしワン様、本当にお館様を？」

「そのつもりだ。その前に確かめないといけないことがいくつかあるけれどね」

差し当たってはアレリア先生を救出した後の逃走ルートだ。門は間違いなく閉鎖されるだろうから、それ以外の道を見つけなければならない。幸い、何かしらの手段があることはセルルナの一件でわかっている。あとはそれを見つけるだけだ。

とは言っても今ではだいたい想像はついている。確認には行かなければならないだろうが、気は進まない。

「アレリア先生の家から持ち出した現金他がこれだけあるのか」

シャーリエは抜け目なくアレリア先生宅から脱出する前に、持ち出せるだけの金品を確保していた。とだけ書くと非常に彼女が悪いことをしているようだが、アレリア先生の指示だったそうだ。

「このお金で冒険者を雇うことはできるかな？」

「金額としては問題はありませんが、やめておかれたほうがよろしいかと。天球教会の意向に逆らう依頼など誰も受けてくれませんよ」

「フィリップさんたちでも？」

「ウィンフィールド様は天球教会の信徒ではありませんか」

言われてみればそうだった。しかし敬虔《けいけん》な信徒ではないとも聞いている。アレリア先生や俺を助けるためなら協力してもらえないだろうか。少なくとも現状だけは伝えておきたい。彼らだって心配しているに違いないし、それにこれでユーリアとお別れというのは辛《つら》すぎる。少なくとも俺だけならばステータス偽装を使って彼らと行くことも可能なのだ。

アレリア先生を救い出し、シャーリエと共にどこか安全な土地まで届けて、俺は冒険者として彼らと生きる。というのが今の目標だ。とりあえず俺の手でふたりをどこかに届けるところまでやってもいいが、その後にユーリアたちを探すのは骨の折れる旅になるだろう。

「接触だけはしてみようと思う。協力は得られないにしても、無事は伝えておきたい」

「ワン様がそうおっしゃるなら、わたしに止める権利はございませんが……」

「なら善は急げだな。教会の連中だって俺たちが逃げ回っていると思っているだろうし、今日の今日でアレリア先生を助けに来るとは思っていないだろ」

「それはいくらなんでも性急に過ぎませんか？」

「逆だよ。シャーリエ。今行くべきだと思う。教会が俺たちを探しまわっているのなら、アレリア先生の周囲は手薄なはずだ。無理そうなら一度戻るよ」

「わかりました。しかしひとつだけ先にお伝えしておかなければならないことがございます」

「なんだい？」

「わたしとお館様の契約が解除されてしまいました。お館様の身に何か起きたのかもしれません」

シャーリエのステータスを見ると、確かに彼女の奴隷契約は失われていた。

「どういうことだと思う？」

「二つ考えられます。お館様が自分の意思で契約を解除されたか、あるいはすでにお館様が処刑されてしまったか、です」

「最初のほうだと思いたいな。アレリア先生も俺がレベルを30以上に上げたことには気づいたはずだ。契約が消えているからね。それに対するアレリア先生の返答だと考えれば納得が行く」

「どういうことでしょうか？」

「アレリア先生は俺に君を連れて逃げろと言っているんだ。だから奴隷契約を解除した。アレリア先生の奴隷であるかぎり、君は君自身の意思とは無関係にアレリア先生を見捨てられないんだろう？」

「そんな！　契約などなくともわたしがお館様を見捨てるわけがないではないですか！」

「わかってるよ。でもアレリア先生が自分の意思で君の枷《かせ》を解いた。そう考えるべきだと思う」

他の可能性からシャーリエの目を背けておきたかったというのもある。俺自身としてもそうでなくては困る。

「心配しなくてもいいよ。俺はアレリア先生を助けだす。君が先生の奴隷であり続けたいなら、そのときにまた契約を結べばいいじゃないか」

「そうですね。はい。信じます。ワン様、あなたを信じます。どうかお館様を」

「ああ、信じてくれ。必ずアレリア先生を連れて戻ってくるよ」

第十九話　アレリア先生の救出

俺はビクトリアス邸からこっそりと抜けだした。潜入スキルがあれば造作もないことだ。

今日のアルゼキアの夜闇は深い。ただでさえ月がなく――何故《なぜ》ならここが月だから――夜空の半分が漆黒の天球に覆われているからだろう。加えて言うならば今日は曇天で星すら見えない。

俺は暗視スキルを3まで上げた。

不思議なもので、視界が明るくなるわけではなく、暗いままなのにどこに何があるかわかるようになる。昼間ほどに物が見渡せるわけではないが、少なくとも行動に支障はない。

まだそれほど遅い時間ではないにもかかわらず、アルゼキアの街は静まり返っていた。気配を探れば、人々がそれぞれの家でくつろいでいるのがわかる。少なくともこのあたりに俺たちを捜索する教会の兵士がいるということはなさそうだ。

アインという名前になっている俺は堂々と夜道を歩くことにした。もちろん兵士の集団と出くわしたらその辺に隠れるつもりだ。

ひとまずユーリアたちと話をしにいくことにする。

門前の宿に辿《たど》り着《つ》くまでに二度兵士の集団と出くわした。通常の夜の見回りか、それとも俺たちを探しているのかは判断がつかない。どちらも物陰に隠れてやり過ごした。

宿の裏口に回りこみ、扉の向こうに誰もいないことを確かめるために探知スキルで探ったときに、近くに知った気配があることに気がついた。ユーリアのものだ。しかしそれは宿の部屋がある上階からではなく、この一階の裏口のすぐ側《そば》だ。そして扉の外側だ。

なぜそんなところにユーリアが？

疑問に思いながらも、ユーリアと会うのが第一目標だったのでちょうどいい。今なら周りには他に誰もいないようだ。ユーリアの気配に向けて身を進める。

そこは宿の裏手の薪《たきぎ》などが積み上げられた、いわば資材置き場だった。その一角でボロボロの毛布を体に巻きつけたユーリアが、じっと座り込んでいる。

俺はびっくりして、潜入スキルで身を潜めていたことも忘れてユーリアに駆け寄った。

「ユーリア！」

「え？　ワン、ですか？」

「ああ、そうか、名前、ちょっとワケありで変えてあるんだ」

「そんなことが、さすが、ワンです。無事、だったのです、ね」

「なんとかね。心配かけてごめん」

「みんなも、びっくり、してました」

「だろうね」

不意に沈黙が訪れる。

俺はこれから言うことに躊躇《ためら》いがあったし、ユーリアは何を言えばいいのかわからなかったのだろう。

「ユーリア、俺はアレリア先生を助けだそうと思っている」

「え？　まさか、できるわけ、ないです」

「やってみなきゃわからない、だろ。そこでユーリアたちに護衛を依頼したいんだ。アレリア先生を助けだして街を出るところまでは俺がやる。でもそこからどこか安全な場所まで行く手助けをしてほしい。お金ならあるんだ。フィリップさんに話をしてきてくれないか？」

「……今は無理、です。わたしは、宿の中に、入ってはいけません、から」

「ひょっとしてそれでこんな場所にいるの？」

「はい。わたしは、亜属、です、から」

「そんな」

このときに気づいたが、ユーリアは亜属という言葉を使う。神人《しんじん》以外をひとまとめにする、一種の蔑称のようなもののはずだ。

「他の皆もそれで納得しているのか？　だってユーリアは仲間だろう？」

「良くしてもらっています。仲間として受け入れてもらえただけで、わたしには充分です」

そんなわけはない。ユーリアは父親を探して旅をしてきたんだ。フィリップさんを見つけたときの喜びはどんなものだっただろう。そして父親ではないと拒絶されたときの悲しみはどれほどだったんだろう。仲間として受け入れられて、でも同じ宿の屋根の下で眠ることすら許されないというのか。

できるなら今すぐ宿に乗り込んでいってなにか言ってやりたい。だが目立つことができる状況にないのも事実だ。名前を偽っているとは言え、その見た目が変わったわけではないのだから、騒ぎはできるだけ起こしたくない。

「わかった。ユーリア。明日になったらフィリップさんたちにそのことを伝えてくれるかい？　俺はアレリア先生を助けだしたら一旦街の外周街に隠れる。そこで落ち合おう。夕刻の鐘が鳴るまで待つ、君たちが現れなかったら……、それはそういうことだと理解するよ」

「本気ですか？　いくらワンが魔術士でも、無理です」

「大丈夫。今は大盗賊みたいだからね」

俺は一旦言葉を切った。

「ユーリア。こんなことになって本当にごめん。でも俺はまだ君と一緒にいることを諦めたわけじゃないんだ。アレリア先生を助けだして、どこか安全なところまで連れていったら、名前をまた変えて君たちと一緒に行きたいと思ってる。本当だ。だからフィリップさんたちを説得してくれ。お願いだ」

それから別れるのが惜しくて、俺はユーリアの体を一度ぎゅっと抱きしめた。体を離すとき、ユーリアの顔が近くにあって、吸い寄せられそうになったが、あと一歩を踏み出す勇気はなかった。

「それじゃユーリア、俺は行くよ」

「どうか無事で」

「ありがとう」

名残惜しかったが宿を後にする。

もう一件寄り道をしてから、次は脱出路の確認だ。

外周街に住むセルルナが門を使わずに街に出入りしていたというのなら、使える出口はこれくらいのものだろう。

俺は衣服を脱いで、汚臭のする水路に身を浸した。

言うまでもないが、水路はシュゼナ川と接続している。その出入り口は当然ながら鉄柵で閉じられているが、俺はそのうち一本が緩んでいることがわかる。すぐにわかったのは探知スキルのおかげだろう。

その鉄柵を手に取って捻《ひね》り、上に持ち上げると、鉄の棒は難なく外れた。これで人が出入りするには充分な隙間が生まれた。

俺が水路を戻っている間に雷鳴がとどろき、盛大に雨が降りだした。路地裏に隠しておいた服も今頃はびしょぬれだろう。だが好都合だ。雨音は物音を消してくれるだろう。隠密《おんみつ》行動にはうってつけだ。

俺は雨で汚水をそそぎ、濡《ぬ》れた衣服を身につけた。

昼間とは違い、大通りは静寂に包まれていた。あれだけあった屋台が今はひとつもなく、先にある教会の偉容が感じ取れる。あちらこちらに灯《あか》りが見て取れるのは、俺とシャーリエがまだ捕まらないので、教会の人々も活動をやめられないのだろう。ざまあみろだ。

俺は裏道を使い、教会の周りをぐるっと一周して、その様子を窺《うかが》った。教会側から周囲を窺うような気配はない。時折兵士が教会に出入りしているのは、捜索隊の交代や報告のためだろう。

教会は街の一ブロックほどもある大きな建築物で、高さも周りの建物より一回り高い。いかにも偉ぶっている連中が建てたがるような建物だ。だが裏口も多く、侵入経路には困らない。まさか街の中で教会が襲撃を受けるなどとは露ほどにも思っていないことが窺える。

俺には好都合だ。進入路と脱出路を別にしてもお釣りがくる。俺はめぼしい裏口の位置を覚えておく。

問題は鍵がかかっているかどうかだが。

俺は周囲に人の気配のない裏口に近づくと、その戸をそっと押してみた。

きぃと小さなきしみをあげて、扉は難なく開く。教会の戸に鍵はかけない方針なのかもしれない。迷い子のためか、それとも密使のためかはわからないが、そんなことは今はどうでもいい。

潜入スキルが俺に進むべきルートを教えてくれる。探知スキルが教会内の人の配置を教えてくれる。俺が誰かに見咎《みとが》められる可能性など皆無だった。

俺は教会の奥にあった階段から地下へと進む。その途中で潜入スキルと探知スキルの両方から警戒信号が出る。さすがに地下牢《ろう》への道が無警戒ということはないようだ。

俺は腰の杖《つえ》にそっと手を触れた。

いざというときは魔術を使うこともあるだろう。簡単に人を無力化する魔術を何か習得しておくべきだったかもしれない。

俺は他に地下牢へと至る道がないか意識を凝らしてみたが、どうやらこの道一本のみのようだ。

俺は意を決して階段をそっと下りていく。石造りの階段の先には松明《たいまつ》の灯りが壁にかかってい
て、衛兵がひとり椅子に座っているようだ。他に人の気配はない。
俺は少し階段を戻ってスマホを取り出し、魔術士の杖スキルで風を3まで習得した。
衛兵を無力化できる魔術が思いつけばよかったが、すぐに思いついたのはこの方法だけだった。
俺はさっきの場所まで戻ると、杖を抜いて、松明の周りの空気に魔術をかける。松明の炎を吹き
飛ばす必要はない。ただそこにある空気を固定化して対流を止めただけだ。炎は丸まり、しゅっと
消えた。燃え続けるだけの酸素が失われたのだ。
一瞬のうちに階段は暗闇に覆われる。衛兵が慌てて立ち上がるのがわかった。彼には何が起きた
かわからなかっただろう。俺は暗闇の中に身を乗り出し、衛兵のスキルを確認する。
魔術士スキルも、暗視スキルも持っていない。彼が再び松明に火を灯《とも》すには、どこかから種火を
持ってこなくてはならないだろう。
衛兵は何やらぶつくさ言いながら片手を壁に当てて階段を上り始める。俺は慌てて階段の逆の端
に身を寄せてじっと息を潜めた。
すれ違いざまに衛兵が腰に下げていた鍵束を盗《ス》る。鍵は音もなく俺の手の中に収まった。
ここからは時間の勝負だ。
俺は衛兵が充分に離れたのを確認して階段を下りる。
階下は完全な暗闇だった。なるほど衛兵が種火を求めて階下に下りなかったわけだ。囚人には灯
りも不要ということらしい。

石造りの廊下は、階段を下りきったところで左右にわかれていた。探知スキルで探ると、右側から複数の気配を感じる。左側は無人だ。俺は右に曲がり、さらに先に進む。

少し進んだところで、左右に鉄枠の扉が現れる。十を超える扉の中のいくつかに人の気配。その中によく知った気配がある。

俺はその扉の前に立つと鍵束を探って、正しい鍵を探し当てて、鍵を開けた。潜入スキルの恩恵に感謝だ。

音もなく扉を開けて、その中に身を滑り込ませる。

「まったく、こんな時間になんだ」

いつもと変わらぬ口調に安心しつつ、風魔術で音を消す。これで周囲に声は漏れないはずだ。

「俺です。先生」

アレリア先生は独房の床に敷かれた粗末な布の上に身を横たえていた。その目が驚きに見開かれる。

「しっ、静かにしてください。音は魔術でもれないようにしていますが、大声まで防げるかはわかりません」

「本当に君か。暗くて鑑定も使えんが、確かに君の声だ。なぜ、いや、聞くまでもないな。無茶をやりに来たな」

アレリア先生の頭の回転の速さがありがたい。

「シャーリエを解放したのに気づかなかったのか？　君なら意図を摑《つか》んでくれると思ったのだが、

買いかぶりだったか？」

「そこは過小評価していたことにしてくださいよ。時間がありませんし、今は先生の言い分を聞く気もありませんよ」

「君は」

何かを言いかけたアレリア先生の体を担ぎ上げる。突然のことにアレリア先生はジタバタするが、そこは誘拐スキルのおかげか簡単に押さえ込める。

「さてはまっとうじゃないスキルを取ったな」

「そんなの言わなくてもわかるでしょう？　拉致スキルじゃないだけマシだと思ってください」

そう言いつつ、たぶん、今頃は拉致スキルが習得可能になっていることだろうなと思う。

おとなしくなってくれたアレリア先生を担いだまま、独房を抜けだす。他の囚人も解放して混乱を招こうかとも思ったが、余計な犠牲を生んでしまうだろう。彼らがみんな処刑されると決まっているわけではない。

階段に戻ると、松明を持った衛兵が戻ってくるところだった。その松明を再び風魔術で消してやる。

「なんだってんだ！」

衛兵は苛立《いらだ》った口調で一頻《ひとしき》り神を罵ると階段を再び上っていく。鍵束は彼が座っていた椅子のところに置いていくことにした。少しは時間が稼げるかもしれない。

階段を上りきり、人の気配を避けながら教会の裏口から脱出する。自分でも思っていた以上にうまくいった。スキルの恩恵というのは恐ろしいものだ。

裏路地に出たところでアレリア先生を腕の中から解放する。

「ひどい雨だな。それで、どうやってあれほど簡単に教会に侵入してみせたんだ？　それからなぜ名前が変わっているのか聞いてもいいかい？」

「どちらもスキルのおかげですよ。というか、最初の質問がそれですか。とにかくビクトリアスさんの家に行きますよ。シャーリエと合流して街を出ます」

「なるほど。シャーリエは言いつけをちゃんと守ったわけだな」

人と遭遇するのを避けながら、ビクトリアス邸を目指す。幸い、アレリア先生も状況はわかっているのか、質問攻めに合うことはなかった。

ビクトリアス邸近くの路地にアレリア先生を待たせて、今度はビクトリアス邸に忍び込むことになる。裏口の鍵は出てくるときに開けておいたのがそのままだった。拝借しておいた鍵は返しておくことにしよう。

そっと客間に戻ると、シャーリエは窓際に立って外をじっと見つめていた。

「シャーリエ」

風の魔術で声が外に漏れるのを避けつつ話しかける。

「ワン様！　ずぶ濡《ぬ》れじゃないですか。やはり今日は諦められたんですね」

「いいや、先生なら救出してきたよ。今度は君も連れてここから出る。雨の中だけど構わないね」

「嘘《うそ》、じゃない、ですよね。行きます！」

「じゃあビクトリアス氏には悪いけど、俺たちは姿を消すことにしよう。すぐに騒ぎになって、彼だって何が起きたか知るだろうしね」

「はい」

シャーリエを抱きかかえてビクトリアス邸を後にする。

雨の降る路地で元主従は抱き合って再会を喜んだ。

「それで、ワンくん、いや、アインくん、君はどうやって街の外に出るつもりなんだい？」

「女性のおふたりには悪いですけど、水路を使います」

「この雨の中だ。構わないさ」

俺はふたりを連れて街を走る水路の果て、シュゼナ川に流れ込む場所に連れていく。汚水の中に飛び込むのを躊躇うかと思ったが、ふたりともすぐに後を追ってきた。ただシャーリエは足がつかなかったので、アレリア先生が抱えている。

俺は鉄柵の鉄棒を外し、ふたりを先に行かせると、自分も外に出て鉄棒を元に戻した。

これが俺とアルゼキアの別れになった。

第二十話　ワンの契約者ふたり

悪いとは思ったが、俺たちに頼れるところはセルルナとアルルの家以外になかった。雨さえ降っていなければ野宿でも構わなかったが、今は屋根が必要だ。

「こんな夜更けにどちらさん？」

戸をノックした俺の前に現れたのは警戒心をむき出しにした犬人《けんじん》の女性だった。

「セルルナとアルルの友達でワンと言います。一晩屋根をお借りしたくて」

「はあ？　あんたはアインって名前じゃないかい」

言われて俺は自分の名前がアインになっていることを思い出した。

「ちょっと待ってください」

俺はスマホを操作して自分の名前をワンに戻す。

「なんてこった。それがアルルの言ってた魔術具かい。ということは本当にあんたがアルルの恩人かい。……いいよ。狭いところだが入りな」

実際に小屋の中は俺たち三人が入ると、お互いの体が触れてしまいそうなほどに狭かった。

「びしょぬれじゃないかい。この雨の中どうしたんだい？　聞いてもいいことかい？」

「天球教会の牢獄《ろうごく》から逃げ出してきたんだ」

俺が何かを言うよりも早く、アレリア先生が簡潔に事態を説明した。すると女性は目を丸くして、それから笑い出した。

「ひどい冗談だよ。……冗談じゃないのかい？」

俺たちの雰囲気から女性は察したらしい。

「ああ、聞かなきゃよかった。聞いちまったら協力せずにはいられないじゃないかい。とにかく着替えな。ボロ布でいいならね」

犬人の女性が差し出した衣服、本当にボロ布だったが、濡《ぬ》れていないそれに俺たちは着替えてようやく一息つくことができた。

女性と一緒に着替えたことについては、事態が事態なので、誰も何も言わない。

「あたしはあの子らの母親でセリューだ。アルルの病気を治してくれたことの礼が遅くなってすまないね。本当に感謝しているよ。ありがとう」

「こちらこそこんな厄介事に巻き込んでしまって申し訳ありません。他に頼れるところもなくて」

「天球教会に追われているって言うなら、あたしらは仲間も同然だよ。どこの家に行っても匿《かくま》ってもらえるさ」

「んぅ、お母さん？」

ボロ布の中でアルルが目をこすりながら、寝返りを打つ。

「だいじょうぶだよ。おやすみ」

そんなアルルの頭をセリューさんが撫《な》でてあやす。

「あんたらはどうやって壁を越えてきたんだい？」

「水路の抜け道を使いました」

「セルルナから聞いたのかい？」

「いいえ、でも抜け道があるのはわかりましたので」

「このバカ。あれほど街には入るなって言ったのに。まあいいや。それならしばらくは安全だろうさ。明日の朝までゆっくり休むといい。横になるにはスペースが足りないけどね」

「雨がしのげて、腰が下ろせるなら充分ですよ」

俺は杖《つえ》を出して、ここにいる全員に治癒魔術をかけて体力を回復させておく。

眠気が取れるわけではないので睡眠は必要だが、寝るためにも体力が回復しているほうが楽なのだ。

「ワンくん、明日は質問攻めにするぞ」

そんなアレリア先生の恐ろしい宣告を受けて、俺は小屋の壁に背を任せて眠りについた。

翌朝になっても雨は降り続いていた。

誰よりも早く起きた俺は再び全員に治癒魔術をかけ、それから小屋の外に出た。風魔術で頭上に風の盾を作ると、雨は飛沫《しぶき》を上げながらあたりに散っていく。周辺に出歩いている人がいれば大惨事だが、今はそうではないのでいいだろう。

そうやって雨の中を散歩する。

今日の夕刻の鐘が鳴るまでにユーリアたちが現れなければ、俺たちは自分たちだけでこの国を離れなければならない。それに備えた準備も必要だろう。

しかしステータス偽装で名前を変えられる俺はともかく、アレリア先生やシャーリエはどうするべきなのか。

やはり馬を手に入れて逃げるべきだろうか。

歩きながらそんなことをつらつらと考えていると、起床したアレリア先生が小屋から顔を出した。

「ワンくん、シャーリエからステータス偽装の話を聞いた。早急に試したいことがある」

「朝っぱらからいきなりですね」

「一刻を争うことは私も理解している。今はできることを確かめるべき時だ」

「俺も先生になんで無茶な学説をぶっちゃけたのか聞きたいんですけどね」

「それは後だ」

にべもない。

俺はしかたなく小屋に戻る。すると神妙な面持ちのシャーリエがなぜか正座していた。俺の姿を救いを求めるように見上げてくる。

「ワン様」

「ワンくん、シャーリエを君の奴隷にしてみたまえ」

シャーリエの言葉を遮って、アレリア先生はそう言った。

「なんですか？　いきなり」

「そうです。わたしはお館様の奴隷です」

「シャーリエ、黙るんだ。これは必要な手順だ。私の推測だが、君のステータス偽装のスキルは自分の奴隷であれば効力が及ぶ可能性がある」

「そうなんですか？」

「ああ、契約の代理人制度を思い出し給《たま》え。契約により、契約する権限を他人《ひと》に与えることができる。同じように奴隷というのは〝ありとあらゆる権限〟を主人に委ねる契約のことだ。その行動はもとより生死にまつわるまで、奴隷というのは契約によって主人にすべてを差し出す。ゆえにステータスの変更権も主人に提供されている可能性がある。普通なら主人になっても名前などのステータスに手を加えることはできないが、君にはステータスの見た目を変更できるスキルがあるのだろう？」

「なるほど」

一気にまくしたてられて、反論の隙がない。それにやってみる価値のある話だ。それが事実ならシャーリエの名前を偽装することが可能になる。

「でも、シャーリエはそれでいいのか？」

「よくありません！」

「だよね」

「だがシャーリエ、同じことだぞ。君が私の奴隷に戻ったとして、私はその権利をワンくんに譲るだけだ。手順をひとつ省いているだけで、君が私の奴隷でありたいと願うかぎり、君はワンくんの奴隷になる」

ガーンと、まさにこの擬音がぴったりと合うような愕然《がくぜん》とした表情で、シャーリエはアレリア先生と俺の顔を見比べた。

それからしゅんと肩を落とし、

「ワン様の奴隷になります」

敗北宣言をしたのだった。

「では契約を、ワンくん、私の言葉を復唱したまえ。宣言する」

「宣言する」

シャーリエと両手をつなぎ、俺はアレリア先生の言葉を復唱する。

「シャーリエはワンを主人とし」

「シャーリエはワンを主人とし」

「あらゆる権限を与え、その生命を守り、前言に反しないかぎりその命令を守り、またその財産を守ると誓う」

「あらゆる権限を与え、その生命を守り、前言に反しないかぎりその命令を守り、またその財産を守ると誓う」

「承諾します」

契約は成った。

シャーリエのステータスを確認すると、確かに俺の奴隷になっている。

「それじゃ、ステータス偽装を試してみます」

俺はスマホを操作してステータス偽装をタップする。すると、確かに選択できる項目にシャーリエのステータスが増えていた。

「できる、みたいですね」

「ほらな。私の言ったとおりだろう」

嬉《うれ》しそうにアレリア先生がない胸を張った。

「ワンの奴隷となってるところは、とりあえずアインの奴隷にしておくとして、シャーリエ、変えてみたい名前とかあるかい？」

「そんなの考えたこともありません」

シャーリエは困ったように、額にシワを寄せる。

「とりあえずツヴァイでいいか」

いつでも変えられるのだから、今は変えてみることが優先だ。

シャーリエの名前がツヴァイに変わる。シャーリエは自分の手の甲を見て、ステータスを確認しているようだったが、何やら落ち着かない様子だった。

「君も安直だなあ」

アレリア先生にだけは言われたくなかったが、さすがに俺も今のは安直だったと認めないわけにはいかない。

「じゃあ私はドライだな」

「えっ？」

俺とシャーリエの声が重なる。

「何を呆《ぼ》けているんだ。当然だろう。私もワンくんの奴隷になってステータスを偽装するしかあるまい。それ以外にいい手段があるとでも？」

「しかしアレリア先生はいいんですか？　奴隷というのは、つまり俺に命すら握られるということなんでしょう？」

「命がけで私を助けに来てくれた君に、どうして命を預けられないわけがあると思うんだい？」

何の躊躇《ちゅうちょ》もなくアレリア先生は言い切ってみせた。

「多少無理やりだったとはいえ、命を救われたのだ。その命を粗末にしないように考えた結果がこれだ。それにワンくんは奴隷にひどい扱いをするなんてこと考えもつかないだろう？　ワンくんの人格も考えたうえでの結論だ」

「本当にいいんですね？」

「ああ、他にも理由ならいくつかある。全部説明しようか？」

「長くなりそうなんで遠慮します」

俺が両手を差し出すと、アレリア先生がそれを握った。

「君と初めて会ったときには君の奴隷になるとは思わなかったなあ」

「俺もですよ。じゃあ宣言する。アレリア・アートマンはワンを主人とし、あらゆる権限を与え、その生命を守り、前言に反しないかぎりその命令を守り、またその財産を守ると誓う」

「承諾する」

　こうしてアレリア・アートマンはアルゼキア王国の前途ある魔術士から、身分一つない俺の奴隷になった。

「ところでドライはやめません？」

「私もそう思う。そうだな。アリューシャはどうだろうか？」

「家名はいいんですか？」

「奴隷に家名があるのもおかしいだろう。アートマン家はなくなったのだ。私が名乗ることを許されていただけ恵まれていたのさ」

　それから俺はアレリア先生の名前をアリューシャに変え、シャーリエの名前もツヴァイから、リンダに変えた。こちらもアレリア先生の思いつきだ。特に意味はないらしい。俺のときもそういう思いつきをしてほしかったものだ。

「なんともまあ、魔術士様だと思っていたら、魔法使い様だったんだね」

　一連の流れを黙って眺めていたセリューさんがそんなことを言う。

「なるほど。魔法使いね。確かにワンくんは魔術士の枠には収まりそうにないな。これからは魔法使いを名乗るかい？」

「なんでわざわざ自分が異様だってことを喧伝《けんでん》して歩かなきゃいけないんですか？」

「ごもっとも。おっともっと奴隷らしく接するべきだな。ご主人様」

「やめてください。背筋がゾッとする。先生はいつもどおりでいてください」

俺の言葉を聞いてアレリア先生はニヤッと笑った。

「それを命令と受け取ったぞ。でもまあ、状況次第ではちゃんと演技するさ。それでこれからの案はあるのかい？」

「ひとまず夕刻まではユーリアたちを待ちます。フィリップさんたちに護衛を依頼したいと伝言を頼みました。必要なだけの額は払うと言っておきました」

「まあ、持ってきた金品は全部差し出すつもりでなくてはならないだろうな。彼らが衛兵を連れてくる可能性もあるぞ」

「それは考えたくないですね。ですが、この国をもう離れるつもりでいた冒険者にとっては悪くない話だと思います」

「まあ彼らなら一緒に旅をした仲でもあるし、こちらの懐《ふところ》事情も想像はつくだろう。私らを突き出すよりは儲《もう》かることは確実だ」

「それに彼らがそんなことをするとは思えません。いい人たちですよ」

俺の言葉にアレリア先生はいつものように少し考え込んだ。

「どうかな。だが確かに悪人ではないな。言ってみれば冒険者というのは、悪人になるか冒険者になるかの選択をすでに済ませているとも言える。で、彼らが現れなかったときは？」

「馬を一頭買えるくらいのお金はありますよね。それでどこか天球教会の関わりの薄い国を目指そうかと。どこかは先生に助言してもらおうと思っていました」

「アリューシャと呼び給え。癖にしておかないと、ボロが出るぞ。そうだな。西に向かうべきだろう。神人《しんじん》の勢力が弱い地域だ。リンダを奴隷にしているとはいえ、神人である私も奴隷にしているのだ。その辺は平等な神人だと見られるだろう」

「神人であるだけで差別される国も当然あるんですよね」

「そうだな。そういう国は避けなければならないだろう。それと敬語もやめたほうがいいぞ。私なら気にしない」

「わかりました。ええと、わかった。変な感じですね、えっと、だな」

「ユーリアみたいになってるぞ」

そう言って俺とアレリア先生は笑いあった。

第二十一話　アルゼキア脱出

「人類は指が五本だ」

なぜ天球教会に楯突《たてつ》くような学説を出したのかアレリア先生に聞いた答えがそれだった。

「どういうことかわかるように説明してほしい」

「天球教会の聖典によれば、神人《しんじん》は全知全能なる創造主によって、その似姿として創られたとある」

どこかで聞いたような話だ。

「このことを前提に考えてみてくれ。人類の姿のどこが全知全能なる者の似姿と言えるものか。指が五本しかないんだぞ。両手で十本だ。そのせいで我々は十進法を使う」

人間の両手の指は十本だ。だから数を数えるときは一から十でひとつのまとまりとする十進法が発展した。

「これは先代文明でも同じことだ。ステータスで十進法が使われていることからも明らかだ」

「ああ、でも、その何が問題なんだ？」

「大問題だとも。十進法は数学的に扱いにくい。10の約数は1と2と5と10しかないんだ。十二進法ならどうだね？」

「1と2と3と4と6と12だな」

「そこは十二進法では10と言うべきだが、まあいいだろう。つまり桁が上がったばかりの整数に対する約数が多いということだ。そうだ。君の世界の一日は二十四時間だったな。その数字は非常に扱いやすかったのではないかね？」

言われてみれば、十進法の発達した世の中で、時間だけは十二進法が使われている。半日は十二時間で、一日は二十四時間。一時間は六十分で、これも十二の倍数だ。

たとえばこれが一日が二十時間だったらどうだろうか？

たとえば工場など機械を止められない二十四時間操業の世界では、三交代制として八時間労働が行われている。一日が二十時間だったら五時間ごとの四交代制が発達しただろうか？

なんとも想像がつかないが、アレリア先生が言ってることが言いがかりのようなものであることはなんとなくわかる。

「だからどうしたって感じだけど」

「まあ、それが普通の感じかただろうな」

ふんっ、と鼻を鳴らしてアレリア先生は目尻を上げる。

「とにかく私は神人が絶対神の似姿などではないと確信している。私に進化論を吹き込んだのは君だぞ。ワンくん」

「そのことは後悔してるんだよ」

「だが私はまさにそれだ、と思った。何より神人以外に猿が混じったような人種が存在しないことからも、我々は猿人《えんじん》であると考えるほうが自然だ」

「で、それを公の場でぶっちゃけちゃったんだ」

「ああ、ぶちまけてやったさ。天球教会信者の怒りっぷりといったらなかったな。まさかいきなり処刑という結論を出されるとは思っていなかったが」

「でも可能性はあると思ってたからシャーリエに指示を出してたんだろ？」

「万が一、というだろう。私の両親のこともあったからな」

「事件で亡くなったという？」

言ってからしまったと思った。この話は俺は知らないことになっていたのだ。

「誰から聞いた？　いや、シャーリエだな」

「も、申し訳ありません。お館様」

「いや構わないさ。こうなった以上、ワンくんもシャーリエも知っておいたほうがいいな。私の両親は神人と亜族は等しく神に創られた種《しゅ》であると信じていた。つまり天球教会の信者ではなかった」

とは言っても何かの宗教の信者というわけではなかったそうだ。

「それどころか魔族も人類と変わらない神によって創られた種であると考えていた。すべての知性あるものは平等で、お互いにわかり合えるように創られている。ただ神は試練として、ただでは共存できない世界を作った。それが人種の違いであり、食物の違いである、と。無論、そんな考えは天球教会のみならず人類種に対する反逆だ。両親は私にもその考えは伏せていたよ。もちろん公の場でそのような発言をすることもなかった。だがあるとき、領地でひとりの魔族を保護してしまったことから、話は暗転する。天球教会の信者だった奴隷ではない召し使いから密告され、私の両親は捕まり、それを止めようとしてシャーリエの母シーリアは殺された。他にも何人もの奴隷が犠牲となった。助かったのは偶然その場に居合わせなかった奴隷だけだ。両親は処刑され、遺産の処分をしている最中に、隠し部屋にあった日記から私は両親の考えていたことを知った。それ以来だな、私が神人とは何かを追求するようになったのは」

「だからって、ご両親と同じように処刑されるところだったんですよ！」

「だが学会の議事録には残る。これればかりは天球教会も手出しはできない。学会の権威が失われてしまうからな。残念ながら両親と同じ結論には至れなかったが、私は私の結論が出てよかったと思う。それが他人《ひと》から与えられた知識であっても、私はそれが正しいと思えるものに出会えた。そして私が処刑されたとしても議事録を読んだ誰かがそれを可能性として考えてくれるだろう。たとえばチャールズ・ビクトリアスなんかがな」

　俺は首を横に振った。

　わからない。

　ひとつの考えかたを記録として残すためだけに命をかけるなんてやりかたはどうしても納得が行かない。

「えっと、ワンさんとアリューシャさんは何の話をしているんですか？」

「この人が後先考えないバカだって話だよ」

　興味津々で聞いてくるアルルに、後々のことを考えてそう答えておく。

なおセルルナと弟のハサムは雨だと言うにもかかわらず粗末な朝食の後、外に遊びに行ってしまった。セリューさんも仕事に行くとのことで出ていってしまったので、小屋に残されているのは俺たちとアルルだけだ。

俺たちがここにいることは誰にも言わないように、一方で誰かが来たらすぐに知らせてくれと言ってある。

「ふん、他者の意見を受け入れることができず、愚か者呼ばわりすることのほうがよっぽど愚かだよ」

「つまりバカって言ったほうがバカってことだな」

「うん。お母さんも言ってた」

普遍的な共通見解を得たところで、セルルナが帰ってきた。

「魔術士の姉ちゃんが来たよ。仲間も連れてきてるけど、どうする？」

「衛兵は来てないんだよな」

「そうみたいだ」

「なら行こうか」

今更雨に濡《ぬ》れることを嫌っていてもしかたない。秋の雨は冷たいが、体力も、たとえ風邪を引いても、魔術でなんとかできる。

「それじゃ行くよ。アルル、元気でいるんだよ」

「はい。ワンさんもお元気で」

幼いアルルにとってはこれが今生の別れになるだろうということは理解できないのだろう。いつもどおりに俺たちを見送ってくれる。

「こっちだ。兄ちゃん」

セルルナに案内されていった先に、ユーリアたちはいた。きっちり旅支度を整えて、馬も用意してくれている。

「ユーリア！　それに皆も」

「本当にアレリア先生だぜ。しかも名前が変わってやがる。おい、やったな。ワン。スゲえ奴《やつ》だぜ」

エリックさんに肩をバンバンと叩《たた》かれる。

一方で、フィリップさんは顎に手を当てて考え込んでいる。

「奴隷をふたり連れた青年となると、金持ちの次男坊とかがよその国の商家に婿入りするとかの設定かな。冒険者まで雇ってとなると、そんな感じで不自然さがなくなるかな。先生、現実的な話、報酬はどれほどいただけるんですか？」

「グレディウス金貨で三十枚だ」

「もうちょっとはお持ちでしょう」

「君も足元を見るね。とは言ってもこの身はワンくんの奴隷でね。私としては彼の財産を少しでも守る義務がある。三十二枚で手を打ってくれないか？」

「三十五枚でハストレインまでお送りしますよ」

「ハストレインとは、海を渡る気になったのかい？」

「先生には必要でしょう？」

「確かに、この大陸に留まるよりは安全だ。ワンくん、ウィンフィールドくんの言い分は妥当だと思う。どうする？」

聞けばハストレインとはここと違う大陸にある多人種国家であるらしい。

その大陸はほとんどが魔界であり、その開拓の最前線でもあるそうだ。そのため別名、冒険者の国とも呼ばれている。

世界中から金と名声を求めて人々が殺到するそうで、確かに身を潜めるには格好の国だ。

「異論はありません。治癒の力も使いどころがありそうですしね」

どうせ生計を立てるならば、治癒魔術士としてがいいだろう。安全で、人の役に立てる。冒険者の国であるなら引《ひ》く手数多《てあまた》であるはずだ。

「じゃあ早速だが出発しよう。今はアルゼキアから離れるのが先決だ」

フィリップさんの言うとおり、俺たちは慌ただしく馬に乗り込んだ。

「セルルナ、アルルやハサム、セリューさんによろしく伝えてくれ。それと元気でやるんだよ」

「兄ちゃんこそ、元気でな！」

挨拶はそれで充分だった。

俺たちは街道を避け、外周街から雨の中を東へとひた走った。道なき草原を行く。豪雨のせいで視界はそれほどきかなかったが、フィリップさんたちにとっては大した苦難でもないようだ。そういうスキルを習得しているのかもしれない。

何時間もそうして野原を走り、とある小高い丘の上で俺たちは小休止を取ることになった。

とは言え雨の中だ。いちいち天幕を張るわけにもいかず、俺が魔術で風の屋根を作り出すことにした。外周街でやったやつのもっと大きい版だ。今の風スキルではこの大きさが限度のようだった。

「すっかり魔術士だな。てーしたもんだ」

「ユーリアに基礎を習ったおかげですよ」

「ただちょっと系統がバラけちまったみてーだな。風と水か。他に隠し球とかはねーのか？」

「魔術はこんなものですよ。先生を助けるのに適したスキルばかり取りましたから」

「探知スキルか。だが2でよくやったもんだぜ」

「いや、実はこれも」

「フィル、もういいよな」

俺がスキルについて説明しようとしたときだった。エリックさんがそんなことを言った。

「いいよ。充分だ」

「そうか。じゃあ悪いな、ワン」

そう言うなりエリックさんは剣を抜いたかと思うと、俺の腹にそれを突き立てた。

避ける暇も、そんな思考が浮かぶ時間すらなく、長剣は俺の腹部に深々と刺さり、そして引きぬかれた。

は？

まずは違和感があって、それから猛烈な痛みが襲ってきた。

「ワンくん！」

「ワン様！」

俺の名前を叫ぶ声が聞こえたが、俺の想像よりもひとつ少ない。が、そんなことの意味を考える余裕などあるわけもなく、俺はまるで未《いま》だにザクザクと刃物を突き立てられているような腹部の痛みを両手で押さえつけて、その場に倒れこんだ。

なにが？

なんで？

わかるわけもない。

「ほれ、早く治癒しねーと死ぬぞ」

耳朶《じだ》を打つよく知った声に後押しされるように、俺は杖《つえ》を握りしめて、自分に治癒魔術を使う。

体力を回復させるやつではなく、傷を治すやつ。

だが使ったことのないそれはうまく発動しない。するわけがない。痛い。痛い。痛くてなにも考えられない。

雨に打たれながら泥の中を蠢《うごめ》きまわる俺を、エリックさんはいつもと変わらぬ表情で見下ろしている。

アレリア先生とシャーリエはそれぞれゴードンさんとジェイドさんに押さえこまれていた。

治癒、治癒、治癒だ。

感覚の先にある小さな点を追い求めるように、俺は自分に治癒魔術をかける。スキルに任せるんだ。俺が訳がわからなくても、スキルがうまくやってくれる。

腹部の出血が止まるまでは行かなかったが、痛みはかなり引いた。だが立ち上がる気力はなく、俺は泥の中に身を横たえたままエリックさんを見上げることしかできない。

「これで自分の立場はわかったな。もう一度刺されたくなかったら、あのふたりの名前を元に戻すんだ」

「何を言って――」

顔を蹴りつけられて言葉は途中で途切れる。

「喋《しゃべ》っていいなんて言っちゃいねーよ。お前はただあのふたりの名前を元のアレリアとシャーリエに戻せ。なんならアレリアだけでもいい。できねーとは言わせねーぞ。何か言う前にこれだけどな」

そう言ってもう一度蹴り。

俺は事ここに至って状況を理解する。理解したくなかったが、理解した。

裏切られた。

彼らは俺たちを護衛すると言っておいて、その実、始めから天球教会に引き渡すつもりだったのだ。

「信じてたのに!」

三度蹴りつけられる。

そしてエリックさんはニヤニヤと笑って俺のことを見下ろしてきた。

くそ、さん付けなんてなんでしてやる必要があるんだ。

「俺だって昨日までは仲間だと思ってたさ。だがそれがどうしたよ？　天球教会に逆らって無事に出ていけると思ったら大間違いだぜ」

「ワンくん、早くしたほうがいい。苦しみが延びるだけだ」

「わかりましたよ！」

そう言って俺はスマホを取り出す。だがそれはエリックによって蹴り飛ばされた。

「妙な真似《まね》をするんじゃねーよ」

「違う。それがないと名前を変更できないんだ。返してくれ」

おぼつかない口調で懇願すると、エリックはスマホを取り上げ、それを手の中で弄んだ。

「魔術具かなんかか。ユーリア、何か知ってるか？」

「いいえ、何も……」

「ちっ、つかえねーな」

スマホはエリックの手からユーリアの手に渡る。

「わたしには、使いかた、わかりません」

「使いかたは!?」

「俺にしか使えないんだ。本当だ」

「くそっ、返してやれ、ユーリア」

おずおずと近づいてきたユーリアが、俺の手にスマホを戻す。

「君も俺を裏切るのか」

「わたしは、最初から、おと、フィリップさんの言いつけ、どおりです」

「そうか」

優しくしたのも、あの笑顔も、全部俺を油断させるための演技だったのか。

絶望感が胸の中を塗りつぶす。

俺は手の中のスマホを何かに叩きつけてぶち壊してしまいたい衝動にかられるが、もう一歩のところでそれを抑え込んだ。

「さっさとしろ！」

エリックに恫喝《どうかつ》されて、俺はスマホに魔力を通し、指を滑らせた。

第二十二話　初陣

雷光が曇天の空を切り裂いて、ほぼ同時に雷鳴が轟《とどろ》いた。大気が衝撃を乗せてこの場にいた全員を打った。

天の与えた好機とばかりに俺は立ち上がる。

レベルは46まで上昇した。アレリア先生を助けたことに加え、この裏切りや刺された経験が、これだけのレベル上昇のきっかけになったのは間違いない。

スマホに触れたときに魔術士スキルを一気に9まで上昇させておいた。さらに水を8に。ユーリアが敵に回った以上、彼女の水魔術に対抗する手段は、彼女以上の水魔術士になる以外に思い浮かばなかったからだ。残ったスキルポイントの73を何に割り振るか悩む暇はなく、この場を切り抜けるためにはただただ体術回避。勢いで体術を9まで割り振った後に、残ったポイントで回避を6まで上げていた。

だから立ち上がるとは言っても、俺はただ立ち上がったわけではなく、飛び起きざまにエリックに向けて掌打を放っていた。完全に意表を突いた形になった一撃は顎を捉え、油断しきっていた彼の脳を揺さぶった。その結果を確かめずに、俺は地面に落ちていた杖《つえ》を蹴りあげて掴《つか》み、

「逃げろ！」

圧縮させた空気の塊をアレリア先生とシャーリエに向けて放つ。ふたりの手前で空気の爆弾は炸裂《さくれつ》し、雨の飛沫《しぶき》をまき散らしながら、ゴードンとジェイドごとふたりを吹き飛ばした。

そこで水の塊が俺に向かって飛んでくるが、その水の塊に俺の魔力を流し込み、力で拮抗《きっこう》させる。さすがに水を操ることにかけてはユーリアに経験で劣るのか、スキルでは勝っているにもかかわらず、水の塊は俺に向かって進んでくる。しかしそれも俺が走る速度よりもずっと遅い。移動さえすれば避《よ》けるのはたやすい。しかしその移動先に向けて矢が飛んでくる。俺は身を捩《よじ》って矢を避け、押し寄せてきた水の塊を風の爆弾で吹き飛ばした。

風スキル3でも、魔術士スキル9に後押しされた威力は、つまり魔術士6風6に相当する。その威力が人を吹き飛ばせるほどのものであることは先ほど証明したばかりだ。

「化け物め!」

俺の死角からフィリップが短弓から矢を放つが、探知スキルの範囲内だ。それをやすやすと避けて俺はユーリアに向かって走る。走りながら失った体力を治癒魔術で回復させる。スキルで戦闘技術を得ても、現代日本人の俺には決定的に体力が少ない。今の立ち回りで、ほぼ体力を使い果たしていた。しかしそこはスキル値合計20に至る治癒魔術というべきか。俺の体力はほぼ一瞬で80台まで回復する。

次はユーリアを無力化するべきだ。雨の中の水魔術士は致死的に危険だ。泥濘《ぬかる》んだ地面を踏んで、ユーリアに肉薄する。彼女は水を集めて俺を窒息させようと目論《もくろ》むが、その手は悪手だ。俺は集めた水に干渉できるし、干渉した水の速度では俺の速さに追いつけない。

それを悟ったユーリアは俺との間に水の壁を作り出そうとしたが、すでに遅い。俺は水の中に飛び込んで、杖の先をその向こう側のユーリアに押し当てた。その瞬間、ユーリアの体がビクリと跳ねてその場に崩れ落ち、動かなくなる。それと同時に俺を包み込んでいた水の壁も力を失い、地面に流れ落ちた。

次はフィリップの番にするつもりだったが、ジェイドの接近が速い。走りこんできながら放たれた斧槍《おのやり》による神速の突きが俺の鼻先を掠《かす》める。回避しなければ、首から上がなくなっていただろう。そして次の瞬間にはジェイドの体も跳ねて、倒れ、動かなくなった。

「何を、いったい、何を」

俺から距離を取りながらフィリップは懸命に俺が何をしているのか探ろうとしているようだ。だが残念ながら手の内はすでにステータス偽装で隠している。

「魔法だよ」

親切に教えてやりながら、俺はゴードンの斬撃をかわし、三度、人を動けなくする。即死攻撃というわけではない。彼らは死んでいない。ただ動けないだけだ。

頭を振りながら起き上がろうとしているエリックに向けて、今度は中距離から弱小の雷を放つ。雷撃を受けて、彼の体も跳ねて動かなくなった。

残っていたスキルポイント7は、新たに習得できるようになった〝雷系統〟を3まで上げることに割り振った。電流による攻撃は俺の予想どおり、人を痙攣《けいれん》させ、痺《しび》れさせた。スキル値合計から考えて全力では殺す可能性があったので、ユーリアのときはできるだけ弱く、その効果の程を確認して、それ以降はやや強めに使っている。

「一応、確認しておきたいんだけど」

フィリップに向けて歩を進めながら俺は言う。

「金のために俺たちを裏切ったってことでいいんですね」

「違うんだ。ギルドからの強制徴用でしかたがなかった。私たちは君たちを捕らえる以外に方法がなかったんだ」

「ギルドとの契約はないようですが」

そもそも強制徴用でしかたがなかったのであれば、外周街に衛兵を引き連れてくればよかった話だ。こんなところまで俺たちを引っ張りだす必要なんてない。

「思うに、先生の所持金と、天球教会からの報酬の両取りを狙った。そんなところですよね」

ジリジリとフィリップは俺から距離を取ろうとするが、同じペースで俺も距離を詰めていく。

「まあ、それはどうでもいいんです。正直、俺が聞きたいのはユーリアが俺に近づいたのは本当にあなたの指示だったのかということと、あなたは本当にユーリアの父親ではないのか。それだけです」

裏切られたのは俺の考えが甘かったからだ。その責任は甘んじて受けよう。アレリア先生やシャーリエを危険な目に遭わせてしまった。この埋め合わせはしなければならない。

「確かに君に親切にするようには言ったよ。当然じゃないか。あのとき、君は僕たちの護衛対象で、召喚されたばかりで参っていた。誰かが君を励まさなければいけないと思ったんだ。それは誓って嘘《うそ》じゃない」

「あなたの神に誓えますか？」

「もちろん誓える。ユーリアが君に好意のようなものを抱いていたとすれば、それは真実、彼女自身の気持ちだったはずだ。それが恋や愛だったかは彼女自身もわかっていなかったようだが、そこまで僕が指示したことじゃない」

「それでもユーリアはあなたを選んだ」

「それは彼女が僕を父親だと思い込んでいるからだ。だがそれは間違いだ。僕は彼女の母親とそういう関係になったことは一度もない。これも神に誓える。いや、これこそ神に誓える。君も知っているだろう。神は罪を犯した者たちに罰として獣の姿を与えた。兎人《とじん》はその子孫たちだ。天球教会の神を信じる僕が、彼女の母親と交わるはずがない」

「そんなあなたがなぜ兎人であるユーリアや、その母親と行動を共にしてきたんです？」

「冒険者だからだとも。冒険者だから、使えるものはなんでも使う。ルシアも、ユーリアも優秀な水魔術士だ。本来なら僕らなどと共に行動するなどありえないほどに優秀な魔術士だ。それが僕を慕うという気持ちだけで一緒に行動してくれるというのなら、それを利用しないわけがない」

「と、言うことだそうだよ。ユーリア」

体が動かなくとも意識まで奪ったわけではない。雨の音に遮られて、どれほどユーリアの耳に届いたかはわからないが、猫人《びょうじん》が気配に敏感なように、兎人であるユーリアの聴覚が優れているというのは充分に考えられた。

それにユーリアに使った雷は他の三人に使ったものより弱い。

事実、ユーリアは杖を杖として使って半身を起こしたところだった。

「知って、いました」

雨が凝縮され、水の塊になり、一気に俺に迫る。

「今だ！」

それまで地面に伏せっていたジェイドとゴードンが一気に起き上がる。フィリップが俺を誘導するように動いていたことには気づいていたが、ふたりがすでに身動きできるほど回復していることは想定外だった。

これほど早く麻痺《まひ》から回復するとすれば、ユーリアの治癒魔術だ。

水の塊を回避する。ゴードンの大剣を左手でいなし、ジェイドの突きに対し、右手の杖で雷撃を放つ。と、同時に右手の先から杖が消えた。恐るべきことにジェイドは斧槍を通じて雷撃を受けることを予測して、それを投擲《とうてき》していたのだ。飛翔《ひしょう》していた斧槍は雷撃を受けたまま、狙いどおりに俺の杖を真っ二つにする。

発動具を失えば魔術は使えない。それは魔術の初歩の初歩だ。ゆえに魔術士は発動具を守らなければならない。圧倒的な攻撃力を持つ魔術士が仲間に庇《かば》われ、背後に控えるのは、発動具を失えば無力になるからだ。

「おおおおおおお！」

喉の奥から怒声を振り絞って、ゴードンの大剣が切り上げられる。それを回避するために身を伏せる。その足元が深い水たまりに変わる。ユーリアの魔術だ。足元を取られながら、飛んできた矢を回避。泥だらけになりながら地面を転がって、ゴードンから距離を取る。

視界の端でエリックが立ち上がるのが見えた。

息が切れる。体力を回復させるための魔術が使えない。

「形勢逆転だな。すぐにぶっ殺してやるよ」

肩で息をする俺の姿を見て、ろれつの回らない口調でエリックが言った。

「待て、エリック。彼は使える」

「なんだって？　フィル。冗談だろ」

「冗談じゃないさ。どうだろう。ワンくん。交渉と行こうじゃないか」

フィリップがあの人好きのする笑みを見せる。今はそれが底暗く、意地の悪いものにしか見えない。

「名前を変更する力、急激に上昇したレベル、スキル。それが君の異世界人としての能力だろう。それを失うのはあまりにも大きな損失だ。どうだろう？　アレリア先生の名前さえ元に戻して引き渡してもらえれば、僕らは君を仲間に迎え入れてもいい。ユーリア、君からもワンくんを説得してくれないか？」

ユーリアは杖を抱くようにして、こちらをじっと見つめていた。転んだときにフードが外れて、今はその顔があらわになっている。その硬い表情が何を意味するのか、読心スキルがあればどんなによかったか。

「ワン、一緒にいたい、と、言ったのは、わたしの本当の気持ち、です。お願いです。お父さんの言うとおりに、して」

「彼は君の父親じゃない」

ユーリアは首を横に振った。

「それでも、お母さんは、そう、信じてました。それを、嘘に、したくない、です」

「それが君の本当の気持ちか……」

初めてユーリアの本心に触れた気がする。彼女と母親がどんな関係だったのかはわからないが、少なくとも彼女にとっては大事な母親だったのだろう。たとえ利用されているだけだと知りつつも、その意思をどこまでも尊重したいというほどに。

「わかった」

フィリップが口の端を上げる。

その表情に、俺は内心の燃え上がるような怒りを抑えこむことができなかった。

「お前ら全員ぶっ倒して、ユーリアは連れていく」

そう言って俺は服の中に隠していた二本目の杖を抜いた。

最終話　前へ

「本当に連れていくのか？」

「俺のわがままだけどね。誘拐スキル持ちっぽいといえばぽいだろ？」

俺は意識を失ったユーリアを馬上に担ぎ上げ、自らも馬に跨《また》がった。先の戦闘でレベルはまたひとつ上がり、手に入れたスキルポイントで騎乗スキルを2まで習得した。

アレリア先生やシャーリエもレベルを上げられるようになっていた。どうやら俺の奴隷になると、レベルアップの権限まで俺に委譲されるらしい。そこでアレリア先生のレベルをひとつ上げ、彼女にも騎乗スキルを2まで習得させた。ついでに本人たっての希望で魔術士スキルも6に上げておいた。やはり魔術士にとって、魔術士のスキルレベルというのは大事なもののようだ。

「すぐに魔術士10まで上げられそうだな」

「本気で魔術士ばかり上げるつもりなのか？」

「もちろんワンくんの許可があれば、だが。レベル11に到達できる可能性を私が見逃すとでも思っているのか？　それにそのレベルだって偽装で隠せるのだろう？　何の問題もあるまい」

アレリア先生は本当にブレないな。

最初は自分を魔術士10にしろとうるさかったが、俺は騎乗スキルの必要性を訴えてその提案を退けた。それに何が起こるかわからない現状、スキルポイントには余裕を持たせておきたい。今後レベルが上がってもすぐに何かに割り振るつもりはなかった。

先の戦闘と一言で終わらせたが、その内容もそれほど大したものではない。抑えて使っていた雷系統の魔術をある程度出力を上げて全員に放っただけの話だ。その後は気絶するまで雷撃を食らわせ続けた。体力が目に見えるので死なないように加減ができるのがありがたい。

その後は彼らの荷物からロープを拝借して、全員をきっちり縛り上げ、布で猿轡《さるぐつわ》を噛《か》ませて放置してある。まあスキルなしの拘束だから、彼らならしばらくすれば抜けられるだろう。馬だって二頭残していくし、死ぬようなことはないだろう。いくら裏切られ、刺されたと言っても、彼らに死んでほしいというほど憎んでいるわけじゃない。

「ユーリアが目を覚ましたとき、どうするつもりなんだ？」

自らも馬上の人となり、シャーリエを引っ張りあげたアレリア先生が当然の疑問を口にする。

「わからない。でもあの〝父親〟のところには残していけない。たとえユーリアが望んだのだとしても、だ」

「恨まれるかもしれないぞ」

「わかってる。これは俺のわがままなんだ。彼女には親離れが必要なんじゃないかと思うんでね。まあなのでそこは悪党らしく、無理やり誘拐するというわけ」

「好きだから誘拐したじゃいけないのかね？」

「俺の元の世界ではそういうのは犯罪なんだ」

「この世界でもおんなじだよ」

アレリア先生が笑い、俺も釣られて笑った。

「それにしても〝雷系統〟と来たか」

「やっぱり未知のスキルなのか？」

フィリップたちの誰も雷系統の魔術に対処できていなかった。ユーリアから雷は魔法だと聞いていたのでひょっとしたらとは思っていたが、やはり俺だけが習得できるタイプのスキルなのだろうか。

「カミナリとは、神が鳴るとも書くことができる。少なくとも人間の手に負えるものではない、と、思われている」

「アリューシャは電気って知ってる？」

「でんき？」

「そうだな。たとえば冬に毛織物《けおりもの》を着ているとき、金属に触れようとして痛みを感じたことは？」

「あのバチッと鳴るやつか」

「そうそう、それをものすごくスケールを大きくしたのが雷だ。同じ現象なんだよ」

「冗談だろう？」

「冗談なものか。手を出して」

アレリア先生が恐る恐る伸ばした手に、最弱まで弱めた電気を流す。

「なんだかピリピリするな」

「ん、なんか間違ったっぽいな。えっと、こうかな？」

流すのではなく、貯《た》めて近づける。すると杖《つえ》の先がアリューシャに触れる瞬間に、バチッと電気が流れた。

「っ、これか。確かに冬によくなるやつと似ているな」

「これが電気というエネルギーで、この大きさを調整して攻撃に使ったんだ」

「なるほど。よくわからんが、その知識があることが系統習得の条件だったようだな。どちらにせよ、現在知られているどの系統よりも攻撃に特化しているのは間違いない」

「確かにそうだな」

炎で攻撃するにせよ、雷ほどの速さはないだろう。一瞬で相手に到達し、しかも相手を麻痺《まひ》させる。

難点は金属物に引き寄せられるために狙った位置に着弾させるのが難しい点で、ジェイドがやったように金属製の武器を投擲《とうてき》されるとそちらに着弾してしまう。だがそんな芸当を狙ってできるものなどそうはいないだろう。ジェイドのあれだって、雷を逸《そ》らすためというよりは、魔術を食らっても杖だけは、という狙いだったはずだ。

「威力を調整すれば、殺さずに無力化できるのがありがたいよ」

「殺傷力では火や水には劣るようだが、その効果は絶大だな。なあ、私も習得できないか？」

「無理っぽいな」

スマホを見たが、アレリア先生の魔術士の枝に雷はない。別に体感するのが習得条件というわけではないようだ。となると、やはり電気に関する知識ということになるのだろう。

「細かいことはおいおい説明するよ」

「約束だぞ！」

そんな他愛もないことを話していると、

「それでわたしたちはどこに向かうのでしょうか？」

アレリア先生に抱きかかえられるように馬に乗ったシャーリエが当然の疑問を口にした。

「予定どおり大陸を越えるのでしょうか？」

俺とアレリア先生は顔を見合わせた。正直その話題を避けていた部分がある。

「ハストレインに向かうのはなしだ」

フィリップたちが提案してきたルートだ。魅力的に思えた提案だったが、フィリップたちが報告したり、追ってくる可能性がある。

「どうして？」

「案外、それでも大丈夫だと私は思うがね」

「追っ手がかかるのは間違いないとして、彼らは名前が変わっている私たちを発見できるかな？」

「フィリップたちが報告するんじゃないか？」

「誰も信じやしないさ。天球教会の信者であればなおさらのことだ。ステータスは神に与えられた絶対の理《ことわり》なのだぞ。それが偽装されるなど絶対にあってはならんことだ」

つまり追っ手が探すのは俺たちの人相などではなく、ステータスだ。名前やスキル、そう言ったものからアレリア先生を探そうとする。少なくとも彼らがアレリア・アートマンを探す以上、その行動が実を結ぶことはないだろう。

「じゃあアルゼキアから離れさえすれば案外安全なのかな」

「油断は禁物だが、そういう考えで私はいいと思う」

「なら向かってみたい場所がある」

「ほう、この世界に疎い君が行ってみたい場所とは、私も興味があるな」

「オーテルロー公国というところなんだが、アリューシャは知ってるか？」

「アルゼキアから西にある王政の国家の一部だな。アルゼキア王国と比べたら規模は小さいが、他の国に攻められて負けたことがない鉄壁の国だ。兎人《とじん》の貴族が治めているから、人種は兎人が中心だな。なるほど。もしかしたらそういうことか？」

「ユーリアが育った国なんだ」

以前にユーリアから話だけは聞いていた。

彼女が育ち、母親が流行病《はやりやまい》に倒れた国。彼女にとっては故郷にあたる。そこには彼女の過去がある。そして彼女の母親の足跡もあるだろう。ひょっとしたら彼女の本当の父親に繋《つな》がる手がかりがなにか残っているかもしれない。

「それでいいかな」

「我々の主人は君だ。君の決定に私たちは従うよ」

「じゃあ、出発だ」

こうして俺たちはアルゼキアを後にした。

この一連の出来事で一番多くのものを失ったのは言うまでもなくアレリア・アートマンだ。彼女は名前を失い、身分を失い、財産を失い、自らの生命の自由すら奪われた。

しかしアリューシャと名を変えても彼女は彼女のままだ。リンダと名を変えたシャーリエもまた、俺の奴隷という身分になりながらも、アレリア先生への敬愛を失っていないようだ。

どうやら人にはどうあっても変わらない部分というものがあるようだ。では記憶を失っても変わっていない部分というのが俺にもあるのだろうか？

今はまだわからないが、前に進むうちに何かがわかるかもしれない。今はただ思うがままに進もう。

前へ。

二上たいら（ふたかみ・たいら）

1978年生まれ。奈良県出身。高校卒業後アメリカの州立大学に留学するも中退。もともと趣味で書いていた小説を「小説家になろう」に腕試しのつもりで投稿を始める。本作がデビュー作となる。

レジェンドノベルス
LEGEND NOVELS

レベル1の異世界転移者《いせかいてんいしゃ》 1
俺《おれ》だけレベルが上《あ》がらない

2018年12月5日　第1刷発行

［著者］　二上《ふたかみ》たいら
［装画］　宮《みや》井《い》晴輝《はるき》
［装幀］　ムシカゴグラフィクス

［発行者］　渡瀬昌彦
［発行所］　株式会社 講談社
〒112-8001 東京都文京区音羽2-12-21
電話　［出版］03-5395-3433
［販売］03-5395-5817
［業務］03-5395-3615

［本文データ制作］　講談社デジタル製作
［印刷所］　凸版印刷 株式会社
［製本所］　株式会社 若林製本工場

N.D.C.913 271p 20cm ISBN 978-4-06-513593-8